ADA DORIAN

DIE ZÄHMUNG DER TIERE

Roman

fünf

Zitat aus dem Essay »Opfer werden« aus:
Aslı Erdoğan,
Nicht einmal das Schweigen gehört uns noch, Essays
© 2017 Albrecht Knaus Verlag, München,
in der Verlagsgruppe Random House GmbH

MIX
Papier aus verantwortungsvollen Quellen
FSC® C014496
FSC
www.fsc.org

Ullstein fünf ist ein Verlag
der Ullstein Buchverlage GmbH

ISBN: 978-3-96101-019-6

Umschlaggestaltung: Büro Jorge Schmidt, München
Titelabbildung: © gettyimages
Foto der Autorin auf Seite 1 und der Innenklappe:
© Melanie Hauke, Berlin
Gesetzt aus der Berkeley Oldstyle
Satz: L42 AG, Berlin
Druck und Bindearbeiten: GGP Media GmbH, Pößneck
Printed in Germany

In der Türkei ist Schreiben zu einer schicksalhaften Tätigkeit geworden, die sich oft anfühlt, als ob ein Geschoss von einem hauchdünnen Papier zurückgeworfen wird und einen selbst trifft.

Aslı Erdoğan

THOMAS

lag auf dem Rücken und spürte, wie der harte Fußboden Druckstellen an seinen Schulterblättern erzeugte. Seine Unterschenkel baumelten im nächtlich beleuchteten Pool auf der Dachterrasse des Hotels. Wenn er den Kopf zur Seite legte, konnte er die Whiskeyflasche sehen, die er allein bis zur Hälfte geleert hatte. Der Verschluss musste am Boden des Pools liegen. Ein Korken mit aufgesetzter Steinkugel, Jade, hatte er beim ersten Schluck vermutet. Nach vier großen Zügen direkt aus der Flasche hatte Thomas sich gefragt, welche der beiden Eigenschaften des Flaschenverschlusses überwiegen würde, die Leichtigkeit des Korkens oder die Schwere des Steins. Also hatte er ihn in hohem Bogen ins Wasser geworfen. Ohne auch nur eine Sekunde der Verzögerung war der Korken, also vielmehr der Stein, zu Boden gesunken. Der Kork hatte ihn nicht aufhalten können.

Im Liegen sah Thomas durch die gläserne Umwehrung der Dachterrasse. Dass sie ihn nach den Verhandlungen in Ankara ausgerechnet hier einquartiert hatten, konnte als Affront begriffen werden. Noch in der Nacht hatte man ihn nach Istanbul geflogen und hier auf der asiatischen Seite der Stadt in ein Hotel gebracht, als sollte er über den Bosporus auf Europa blicken, ein weit entferntes Europa, das den Verhandlungspartnern den Rücken gekehrt hatte. Auch sein Mitstreiter in der Debatte um den Militärstützpunkt İncirlik war hier untergebracht worden. Den gesamten Rückflug von Ankara hatten sie nicht ein Wort miteinander gewechselt. Die Gespräche waren anders verlaufen als geplant, längst ging es nicht mehr um das, worüber offen verhandelt wurde. Ursprünglich war es um das Besuchsrecht deutscher Abgeordneter bei den in İncirlik stationierten deutschen Soldaten gegangen. Die unterschwelligen Befindlichkeiten aller Parteien hatten sich zu gegenseitigen Verletzungen entwickelt, zu nässenden Wunden. Spätestens als der Dolmetscher immer wieder auf die Uhr gesehen hatte, war Thomas klar geworden, dass sie zu keiner Einigung mehr kommen würden. Ein Abzug der deutschen Soldaten war das letzte Drohmittel, das sein Kollege spät in dieser Nacht ausgesprochen hatte. Übermüdet und mittlerweile unkonzentriert war Thomas in Gedanken abgeschweift, hatte an Simone und an ihr letztes Telefonat gedacht. Er vermisste sie, doch hatte er sich bei ihrem Gespräch nicht getraut, das so zu formulieren. Simone war seit einer Woche auf Vortragsreise in den USA. Im Gegensatz zu ihm beschäftigte sie sich mit den theoretischen Grundvoraussetzungen für einen politischen Neuanfang in Europa. Thomas blieb lediglich die Schadensbegrenzung. Er fühlte sich, als müsste er ein Puzzle zusammensetzen, dessen Einzelteile nicht aufeinander abgestimmt waren. Seine Arbeit, ja sein ganzes Leben, schien auf Duldsamkeit zu basieren.

Am Telefon hatte Simone ihm begeistert erzählt, dass Professor Bojana Daskalow, eine Kollegin von der Universität Sofia, sie gebeten hatte, ihren Vortrag auf letzte Fallstricke zu prüfen. Die Anerkennung der deutlich älteren Professorin hatte sie auf eine Weise euphorisiert, die Thomas trotz der großen Distanz hatte spüren können. Sie hatte ihm berichtet, dass Daskalow in ihrem Vortrag Parallelen ziehen würde zwischen den aktuellen Bemühungen zur Stabilisierung der Europäischen Union und Camus' Konzept des glücklichen Sisyphos. Die politische Arbeit, so Daskalow, glich einem Ringen um die gemeinsame Sache, bei der die Freude über das Gemeinsame, gemeinsam Erreichte, den Ton angeben sollte. Thomas hörte Simone aufmerksam zu und verschwieg, dass er diese Begeisterung längst hinter sich gelassen hatte, sie lag in der Fahrrinne des Bosporus wie ein Amboss, nicht einmal die Wellen bewegten sie noch.

Thomas setzte sich auf, was ihm einige Mühe abverlangte und die Dachterrasse kurz schwanken ließ. Er blickte an sich herunter. Obenrum war er mit Hemd und Krawatte bekleidet, untenrum lediglich mit einer Unterhose. Irritiert sah er sich um. Hinter ihm lagen seine Anzughose, sein Jackett und seine Socken fein säuberlich zusammengelegt auf einer beleuchteten Sitzinsel. Seine Lederschuhe standen ordentlich ausgerichtet davor. Thomas knetete seine Augen und schüttelte den Kopf. Selbst wenn er, wie offenbar heute Nacht, die Kontrolle verlor, schien alles klar geregelt zu sein.

Thomas zog die Beine aus dem Wasser, seine Füße waren schrumpelig. Auf dem Weg zur Bar hinterließ er eine nasse Spur. Ohne zu zögern, trat Thomas hinter den Tresen und suchte im unbeleuchteten Personalbereich der Kellner, die von hier aus am Tag Cocktails servierten, nach einem Korken. Er fand einen Schraubverschluss mit großem Durchmesser und setzte ihn der Whiskeyflasche wie einen Hut auf. Dann stellte er die Flasche in einen der Kühlschränke.

Thomas musste sich setzen, um nach der Hose Socken und Schuhe anziehen zu können. Normalerweise tat er das im Stehen, doch das Vornüberbeugen erschien ihm an diesem frühen Morgen zu gefährlich. Dann trat er an die gläserne Umwehrung, betrachtete die Morgenröte, die langsam in ein Hellblau kippte. Dass er hier oben eingeschlafen sein musste, konnte er nur anhand von vagen Erinnerungen an wirre Träume festmachen. Wie Sisyphos hatte er im Traum einen Stein den Berg hinauftransportiert, wieder und wieder, in endloser Schleife. Jedoch hatte Thomas ihn nicht den Berg hinaufgerollt, sondern ihn in einem Trekkingrucksack auf dem Rücken getragen.

Erst war es ein großer Stein gewesen, schwer zwar, aber in seiner Kompaktheit zu händeln. Dann war der Stein immer weiter zerbrochen, in einzelne Teile, bis nur noch Kies übrig war. Als Sand rann der einstige Stein schließlich aus seinem Rucksack. Am Gipfel angekommen, war sein Gepäck leer gewesen.

Thomas betrachtete das gegenüberliegende Ufer, die Straßen und Gebäude, die Kennedy Avenue. In ein oder zwei Stunden würde er mit dem Shuttle durch den Avrasya-Tunnel auf die europäische Seite Istanbuls fahren, die Kennedy Avenue entlang bis zum Flughafen. Avrasya, das wusste Thomas, hieß übersetzt Eurasien. Einen vereinten Kontinent, Europa und Asien in Eintracht, das hatten die Verhandlungen der letzten Tage gezeigt, würde es so schnell nicht geben. Als die Sonne sich ihren Weg in die Bucht bahnte, leuchteten am anderen Ufer die Minarette der Sultan-Ahmed-Moschee golden auf. Thomas stach das Licht in den Augen, er schloss sie kurz, was ihm einen erneuten Schwindel verursachte.

Ohne zu frühstücken, stieg Thomas in den Kleinbus, der ihn und zwei weitere Geschäftsreisende in dunklen Anzügen zum Flughafen bringen sollte. Als auf der anderen Seite des Bosporus das grelle Morgenlicht am Ende des Tunnels sichtbar wurde, atmete er auf. Die gesamte Fahrt sah er aus dem Fenster und befühlte die kleine Schatulle in der Außentasche seines Jacketts. Sie war mit Samt bezogen und schmeichelte seinen zittrigen Fingern. Den Ring, den sie barg, hatte er bei einem Juwelier in Ankara gekauft. Dass Simone nicht ahnte, was er vorhatte, erfüllte seine Vorstellung von Romantik.

Der erste Ring, den er vor acht Jahren von einer Reise in den Jemen mitgebracht hatte, war, das hatte er ihr zusagen müssen, bevor sie ihn an den Finger steckte, kein Verlobungsring gewesen. Simone war keine Frau, die sich einfach heiraten ließ. Den Ring damals hatte er sich auf der Suche nach einer Brosche zum achtzigsten Geburtstag seiner Mutter zusätzlich aufschwatzen lassen. Zusammen hatten die Schmuckstücke deutlich das vorgesehene Geburtstagsbudget überschritten, auch wenn es sich um ein rundes Jubiläum handelte. Also hatte er den Ring separiert und aufgehoben. Als er dann ein knappes Jahr später Simone bei einem Ethik-Symposium in Berlin kennenlernte und sie bereits nach einer Woche des gemeinsamen Tagens die Nacht bei ihm verbrachte, hatte er nach ihrer Abreise einer inneren Sehnsucht nachgegeben und ihr den Ring unversichert per Post nach Heidelberg nachgeschickt. Beim anschließenden Telefonat hatte er sein gesamtes diplomatisches Geschick anstrengen müssen, um den Ring und seine Aussage zu relativieren. Zum Glück hatte er damals keine Karte, keinen Brief beigelegt. Sie hatten sich darauf geeinigt, dass der Ring eine Erinnerung an ein paar wunderbare Tage in Berlin sein sollte, und verabredeten sich wieder.

Seine Gefühle für Simone hatten sich seit damals nicht verändert. Wo immer sie waren, sie telefonierten fast täglich. Thomas hatte seine Wohnung in Berlin behalten und Simone ihre in Heidelberg. Den Sommerurlaub verbrachte Thomas bei ihr, Weihnachten und Silvester sie in der Regel bei ihm. Ansonsten waren sie zu Meistern in der Organisation von Transittreffen geworden. Ein oder zwei Tage ließen sich in der Regel anhängen, wenn sie zufällig in der gleichen Stadt, im gleichen Land weilten. Einmal hatten sie tatsächlich lediglich drei Stunden im Moskauer Flughafen miteinander verbracht. Doch damit sollte endlich Schluss sein. Die Verhandlungen der letzten Tage hatten Thomas gezeigt, dass er den Job, den er einst so sehr angestrebt hatte, mittlerweile leid war. Er fühlte sich ausgelaugt und sehnte sich nach einem gemeinsamen Ort für Simone und sich, egal wo auf der Welt. Sie sollte entscheiden, er würde ihr folgen, wenn sie denn nur seine Frau werden würde. Thomas erhoffte sich etwas Verbindlichkeit.

Der Kleinbus fuhr auf das Gelände des Flughafens und setzte ihn und die anderen Passagiere am Terminal ab. Die morgendliche Hitze schlug Thomas beim Aussteigen aus dem klimatisierten Bus entgegen. Dem Fahrer, der ihm das Gepäck anreichte, gab er ein großzügiges Trinkgeld. Thomas würde nicht so schnell wieder hierherkommen, das hoffte er zumindest.

Er zündete sich eine Zigarette an und suchte einen Platz im Schatten unter dem Vordach, an dem er unbehelligt von ankommenden Reisenden rauchen konnte. Der erste Lungenzug erinnerte ihn an den letzten des gestrigen Abends, an das Auszirkeln der Verträge bis spät in die Nacht. Auch hier hatte er sich bequatschen lassen. Seine Reise nach Ankara hatte der deutschen Regierung vor allem Zugeständnisse eingebracht. Umso erleichterter war er, dass in wenigen Stunden sein Urlaub begann. Spätestens mit dem Einstieg in den Flieger zum Zwischenstopp in London würde er die Krawatte lockern und den Rest der Reise höchstens an der Formulierung seines Heiratsantrags feilen. Dafür hatte er noch einige Tage Zeit. Simone war zurzeit an der Universität von South Carolina in Columbia. Thomas würde zunächst zwei Wochen bei Johannes in New York verbringen. Johannes war ein alter Schulfreund und arbeitete mittlerweile seit zehn Jahren für die amerikanischen Behörden. Thomas wollte Jo, wie die Amerikaner ihn nannten, in seine Heiratspläne einweihen und ihn bitten, sein Trauzeuge zu sein. Anschließend würde Thomas dann nach South Carolina fliegen, wo er Simone nach Beendigung des Kongresses in Charleston treffen wollte. Melinda James, eine amerikanische Professorin, mit der Simone seit Jahren befreundet war, hatte sie und ihn anlässlich der bevorstehenden Sonnenfinsternis in ihr Ferienhaus nordöstlich von Charleston eingeladen. Thomas war zunächst wenig begeistert gewesen, schließlich wollte er mit Simone allein sein, um ihre Zukunft zu besprechen, ihr ein *Ja* abzuringen und einen gemeinsamen Wohnort festzulegen. Als Simone ihm jedoch Fotos von jenem Ferienhaus am Atlantik geschickt und er die Möglichkeit begriffen hatte, seinen Antrag auf den Tag der Sonnenfinsternis zu legen, schien ihm das Schicksal eine Kulisse zuzuspielen, die kaum zu überbieten war. Das Strandhaus lag auf der Isle of Palms, direkt hinter einer Reihe von Dünen. Thomas würde den richtigen Zeitpunkt abpassen und Simone einen unvergesslichen Antrag machen, einen, den sie nicht ablehnen konnte.

Thomas betrat das Flughafengebäude und lockerte bereits jetzt die Krawatte. Eigentlich war es Zeit für ein Frühstück, doch der bevorstehende Flug hatte ihm den Appetit verschlagen. Dass er nicht gerne flog, hatte er vor Jahren noch als zu behebendes Handicap betrachtet. Wenn er ehrlich zu sich war, hatte das Coaching, das ihm die Angst vor der Höhe hatte nehmen sollen, allenfalls eine leichte Verbesserung gebracht. Das Zittern, das ihn auf Langstreckenflügen stets begleitete, war geblieben.

Ungeduldig gab Thomas sein Gepäck auf, das größer als sonst war. Lediglich den Aktenkoffer behielt er bei sich. Die Unterlagen hatte er ausgeräumt und im Koffer verstaut, um Platz zu schaffen für einen Wollschal, eine Tüte türkischen Nougat und drei

Zeitungen, die er auf dem Flug zur Ablenkung lesen wollte.

Thomas setzte sich auf einen Barhocker an der Theke einer Flughafenbar. Trotz der Uhrzeit bestellte er Rakı.

»Kurzstrecke oder Langstrecke?«, fragte der Barkeeper und sah ihn aufmerksam an.

»Langstrecke«, antwortete Thomas.

»Eine amerikanische Airline?«

Thomas nickte irritiert. Der Kellner drehte sich um, füllte ein Glas mit Leitungswasser und stellte es vor Thomas auf den Tresen.

»Die Amerikaner lassen Sie auf halber Strecke verdursten.«

Thomas musterte den Kellner und blieb an seinem Namensschild hängen. *Metin.*

»Ich möchte einen Rakı«, sagte er, um Freundlichkeit bemüht.

»Was Sie brauchen, ist Wasser, glauben Sie mir.«

»Okay«, sagte Thomas. »Dann einen Rakı und ein Mineralwasser.«

Der Kellner beäugte seinen Anzug und den Aktenkoffer, den er auf der Theke abgelegt hatte.

»Sie sehen nicht aus wie ein Tourist. Nur Touristen trinken unser Leitungswasser nicht.«

»Ich trinke es auch nicht.«

Metin lachte. »Sie fliegen mit einer amerikanischen Airline und trinken kein türkisches Wasser? Man sollte wissen, wo heute die Gefahren lauern.«

Thomas blickte ans Ende der Theke, an dem ein Gast vor einem milchig verdünnten Glas Schnaps saß.

»Er bekommt Alkohol und ich nicht?«, sagte Thomas.

Metin machte eine nickende Kopfbewegung in die Richtung des Gastes. »Kurzstrecke«, sagte er knapp.

»Wissen Sie, vielleicht gehe ich lieber woanders etwas trinken.« Thomas stand auf und sah sich nach einem weiteren Lokal um.

»Sie bekommen Angst, wenn ein Kellner Ihnen sagt, dass das Fliegen nicht mehr sicher ist?«

»Nein«, sagte Thomas, »ich möchte einfach nur einen Rakı trinken.«

»Flugangst? Viele meiner Gäste versuchen Flugangst mit Alkohol und Tabletten zu besiegen. Sie glauben nicht, wie viele Leute halb betäubt ins Flugzeug steigen.«

Thomas ließ die Arme hängen. »Ich hatte nicht vor, mich zu betäuben.«

»Gut«, sagte Metin und machte eine einladende Geste. »Dann trinken Sie Tee.«

»Rakı«, sagte Thomas und wollte gehen.

Der Kellner schüttelte den Kopf, schenkte ihm einen Schnaps ein und stellte ihn auf den Tresen neben das Wasserglas.

»Jetzt sind wir wieder Freunde?« Metin zwinkerte.

Stumm nahm Thomas Platz und trank einen Schluck. Die lange Wartezeit verführte ihn dazu, einen zweiten und dritten Schnaps zu bestellen. Metin hielt ihn nicht ab, quittierte lediglich jedes neue Glas mit einem winzigen Kopfschütteln.

Als es endlich Zeit für seinen Abflug war, wankte Thomas durch die Halle in Richtung Sicherheitscheck. Der Restalkohol vom Vortag und die drei Gläser Rakı vereinten sich in ihm zu einer Dumpfheit, die Kopfschmerzen ankündigte. Thomas befühlte die Schatulle in seiner Tasche. Der Samt der Verpackung erschien ihm nun noch langfloriger, noch weicher. Er wusste, dass der Ring den zulässigen Höchstwert für eingeführte Waren bei Weitem überstieg. Spätestens beim Zoll in New York würde er das Schmuckstück angeben müssen. Also nahm Thomas den Ring aus der Geschenkverpackung und steckte ihn sich an den kleinen Finger. Die Samtschachtel warf er bei einem der Bistros in den Mülleimer.

»CLÉMENT,

wo bist du?«

»Inés?«, sagte Clément und gab dem Taxifahrer ein Zeichen, die nächste Ausfahrt zu nehmen. »In Istanbul.«

»Ich stehe am Flughafen und warte auf dich«, sagte Inés und klang vorwurfsvoll.

»In Paris?«, fragte Clément, als wäre das ganz unwahrscheinlich.

»Natürlich in Paris. Du wolltest um elf Uhr hier sein. Ich habe in der Ankunftshalle gewartet, und du bist nicht gekommen. Jetzt ist es fast zwölf, und du bist noch nicht einmal losgeflogen?«

»Es dauert ein paar Tage länger, verzeih mir, Inés«, erklärte Clément.

»Seit wann weißt du das? Ich meine, warum hast du mir nicht Bescheid gesagt? Jetzt schaffe ich es kaum mehr, Lilou von der Schule abzuholen. Sie glaubt, dass ich dich mitbringe.«

»Verzeih, es ist wichtig. Es hat sich kurzfristig ergeben.«

In Wahrheit hatte Clément schon im Taxi zum Flughafen gesessen, als ihn Jules' Anruf erreichte. Jules bat ihn, ihm ein wichtiges Interview abzunehmen, während er mit einem Informanten sprechen wollte, über den er am Telefon keine Details preisgab. Clément hatte den Fahrer angewiesen zu wenden und war zurück in die Stadt gefahren.

»Bekommst du den Mehraufwand wenigstens bezahlt?«

»Natürlich«, log Clément. Sein Auftraggeber wusste nicht einmal, dass er länger blieb. Lediglich Remi hatte er eingeweiht, er sollte wissen, wo er war, falls etwas passierte. Und dass etwas passierte, irgendetwas, schien außer Frage zu sein.

»Und dein Hotel, kannst du es verlängern?«, fragte Inés besorgt.

»Ich werde bei Jules wohnen, er hat eine Couch.«

»Bei Jules?« Inés klang nicht begeistert.

Jules hatte zuletzt eine Reportage aus Syrien geschrieben und sich selbst dabei in unmittelbares Kriegsgebiet begeben. Eine Woche lang war er verschwunden gewesen. Seine Schwester, mit der Inés sich ab und zu auf einen Kaffee traf, war damals außer sich vor Sorge gewesen.

»Er hat ein Zimmer. Es ist sicher«, sagte Clément, auch wenn er sich selbst nicht im Klaren darüber war, was er damit sagen wollte. Dass das Zimmer sicher war, davon konnten sie nicht ausgehen. Immer wieder hatte es Durchsuchungen auch bei ausländischen Journalisten gegeben. Dass er selbst sicher war, schien nach dem Telefonat, das ihn dazu veranlasst hatte, den Flieger nicht zu besteigen, umso ungewisser.

»Hast du überhaupt noch saubere Wäsche?«

Clément scheute die Antwort. »Jules kann mir etwas leihen.«

Inés lachte bitter. Jules war einen Kopf größer als er und muskulöser gebaut. Außerdem gehörte er nicht zu der Sorte Männer, die ihre T-Shirts gebügelt und gefaltet im Schrank aufbewahrten.

»Was soll ich Lilou sagen, wann du kommst?«

»Sag ihr, dass ich Geschenke für sie habe«, wich Clément aus. Er hatte für seine Tochter billigen Klimperschmuck bei einem Händler neben seinem Hotel gekauft. Lilou war erst sieben, ging jedoch seit fast einem Jahr zum Ballettunterricht. Clément hatte mit ihr eine tänzerische Darbietung der Entführung aus dem Serail an der *Opéra National* gesehen. Anschließend hatten sie in Inés' Kleiderschrank nach entsprechenden Accessoires gesucht, zwischen ihren Businessanzügen aber nicht das passende Kostüm für Lilous Interpretation der Konstanze gefunden. Die blaue Plastiktüte im Koffer enthielt ein rotes Dreieckstuch mit einer Borte aus klimpernden Münzen, einen Gürtel mit silbernen Glöckchen, der Lilou unmöglich schon passen konnte, und eine Kette, die ihr bis zum Bauchnabel hängen würde.

Clément ahnte, dass seine Antwort Inés nicht befriedigte. »Für dich habe ich auch etwas.«

Inés hatte sich Gewürze gewünscht. Nicht jene, die für Touristen verpackt vor den Souvenirläden in der Sonne lagen. Sie hatte ihm eine Adresse gegeben und ihn gebeten, dort einzukaufen. Clément hatte es vergessen. Am Ende hatte die Zeit nicht mehr gereicht, um den Laden außerhalb von Istanbul anzufahren. Er hatte für Ersatz gesorgt und hoffte, dass Inés es nicht merken würde.

»Ich melde mich, wenn ich weiß, wie lang es dauert.«

»Pass auf dich auf«, sagte Inés, dann legte sie auf.

Clément fuhr direkt zu dem verabredeten Treffpunkt. Jules hatte ihm einen Fixer besorgt, einen ortskundigen Informanten, der ihn zu einem Kontaktmann an einen geheimen Ort bringen sollte. Jules, das ahnte Clément, hatte diese Aufgabe nur an ihn abgegeben, weil er selbst zeitgleich einen interessanteren, vielversprechenderen Interviewpartner traf.

»Der Mann, nach dem du Ausschau halten musst, sieht aus wie ein Animateur in einem All-inclusive-Hotel«, hatte Jules gesagt.

Was das genau bedeutete, hatte Clément nicht gefragt. Er ging davon aus, dass der Fixer ihn erkennen würde.

Clément betrat die vereinbarte Teestube und war in der plötzlichen Abwesenheit der Sonne fast blind. Es dauerte einige Sekunden, bis er sich orientieren konnte. An kleinen Tischen saßen je mehrere Männer, spielten Brettspiele oder tranken Tee. Die Einrichtung war schlicht, heruntergekommen fast, von der Eingangstür bis zum Tresen hatten die vielen Gäste über die Jahre eine sichtbare Spur auf dem Linoleum hinterlassen. Hinter der Theke stand ein Mann mit grauem Haar, der gebannt auf einen kleinen Fernseher starrte, dessen Ton laut durch den Raum hallte. Als Cléments Augen sich gänzlich an das schwache Licht gewöhnt hatten, entdeckte er den vermutlichen Vermittler an einem Tisch in der hintersten Ecke. Der Fixer war schlank und zartgesichtig, trug eine gelbe Chinohose, ein knallrotes T-Shirt und eine neongrüne Sonnenbrille im Haar. Clément begriff, was Jules gemeint hatte. Zielstrebig ging Clément auf ihn zu und setzte sich.

»Baran«, stellte sein Gegenüber sich vor.

»Ist das dein echter Name?«, wollte Clément wissen.

Der junge Mann, den er auf Mitte zwanzig schätzte, lächelte. »Du kennst ja auch mein echtes Gesicht.«

Sein Französisch war hervorragend. Clément fragte sich, wo Jules ihn gefunden hatte. Es war nicht einfach, mutige Fixer auszumachen, die dann auch noch so gut übersetzen konnten, dass keine wichtigen Details verloren gingen. Clément nickte anerkennend und stellte sich vor.

»Du arbeitest für *Le Globe*?«, fragte Baran.

»Unter anderem«, erwiderte Clément.

»Das ist gut, das wird unserem Mann gefallen. Er spricht nicht mit jedem.«

Clément wand sich. »Die Zeitung weiß noch nicht, dass ich dieses Gespräch führe. Ich kann nicht zusagen, dass das Interview erscheint.«

»Glaub mir«, sagte Baran, »es wird erscheinen.« Entspannt lehnte er sich zurück und legte die Hände in den Schoß.

Der letzte Fixer, den Clément engagiert hatte, war ein kleiner, nervöser Mann Mitte vierzig gewesen. Er hatte Clément mit Mitgliedern der Protestbewegung in Kontakt gebracht und bei der Übersetzung eines Interviews so sehr geschwitzt und gezittert, dass Clément das Gespräch vorzeitig abbrach, um die Gesundheit des Mannes nicht zu gefährden. Baran jedoch schien sich seiner Sache sicher. Er sah sich nicht nach möglichen Beobachtern um, spielte nicht mit dem Teelöffel, der neben seinem leeren Glas auf der Tischplatte lag. Er war absolut ruhig und formulierte seine Sätze mit Bedacht.

»Wie geht es jetzt weiter?«, wollte Clément wissen, der sich nicht sicher war, ob Barans Gelassenheit Mut oder Zweifel in ihm auslöste.

»Erst die Bezahlung.« Baran sah ihn selbstbewusst an.

»Hier?«, fragte Clément.

»Natürlich. Für die Leute hier bist du ein Tourist. Sie werden mich für deinen Fahrer halten.«

Dass Touristen mittlerweile beachtenswert waren, hatte Clément in der vergangenen Woche in Istanbul gesehen. Die langen Warteschlangen vor der Hagia Sophia waren versiegt wie in heißen Sommern die Flüsse im Taurusgebirge. Die Flieger, die aus aller Welt am Flughafen Istanbul-Atatürk landeten, waren halb leer. Dass die anderen Gäste der Teestube ihn für einen leichtfertigen Urlauber halten konnten, der das Land trotz aller Warnungen besuchte, machte ihm nichts aus. Inés bemängelte seit Jahren, dass seine Kleidung auf beruflichen Einsätzen an einen Urlaub mit Familie denken ließ.

Ein einziges Mal hatte Clément als Journalist eine Liveschalte für *France Neuf* moderiert. An jenem Abend war er mit Jules im 11. Arrondissement in einer neu eröffneten spanischen Bodega verabredet gewesen. Jules hatte vorab von den Tapas und dem Sherry geschwärmt. Insgeheim jedoch hatte Clément gewusst, dass Jules, der mit Ende vierzig noch immer alleinstehend, aber nie lang allein war, für die Besitzerin schwärmte und sich Chancen ausrechnete. Der Herbstabend war mild gewesen, weshalb Clément nur widerwillig in das Kellergewölbe hinabgestiegen war. Er bestellte einen alten Sherry und wartete vergeblich auf Jules. Als nach einer halben Stunde sein Glas leer und Jules noch immer nicht aufgetaucht war, entschied er sich, den Abend lieber mit Inés auf dem Sofa zu verbringen und eine aufgenommene Folge von *Nouvelle Star* anzusehen. Als Clément die Stufen des Gewölbes hinaufstieg und auf Straßenniveau vor die Tür trat, rannten aufgebrachte Menschen an ihm vorbei, und er hörte Sirenen, die sich rasant näherten. Von einer jungen Frau, die außer Atem neben ihm innehielt, erfuhr er, dass im

Bataclan geschossen wurde. Und obwohl um sie herum die Menschen rannten, stand sie neben ihm an die Scheibe eines Restaurants gedrückt und wiederholte in ruhigem Tonfall, was sie gesagt hatte.

Im Bataclan wird geschossen.

Clément erinnerte sich nur vage daran, wie er an diesem Abend vor die Kamera von *France Neuf* geraten war. Remi hatte ihn angerufen und ihm gesagt, dass Jules bereits mit einer Kamera vor Ort sei. Trotz des Chaos fanden die beiden sich im Eingang eines Coiffeurs. Weil Clément die Kamera nicht zu bedienen wusste, die Jules aus der Redaktion mitgebracht hatte, fand er sich vor der Linse wieder.

»Erzähl mir, was du siehst«, hatte Jules gesagt und ihm das Zeichen gegeben.

Bei der anschließenden Liveschalte hatte er laut Inés ausgesehen wie ein Angler im Hafen von Quiberon. Cargohose, Regenjacke, darunter das verschwitzte T-Shirt, die Nase rot vom Sherry.

Die Hose, die er an jenem Abend getragen hatte, trug er auch heute. Clément griff in die große Seitentasche und schob Baran ein Bündel Scheine über den Tisch. Dieser zählte sie ungeniert und ließ sie in seinem Rucksack verschwinden.

»Hier«, sagte er und schob Clément im Gegenzug eine Sonnenbrille über den Tisch. Erst auf den zweiten Blick erkannte dieser, dass die Gläser blind waren.

»Ich gehe jetzt und hole den Wagen, du kommst

in zehn Minuten vor die Tür, steigst ein und setzt die Brille auf.« Baran erhob sich, was Clément in Unruhe versetzte.

»Was für ein Auto fährst du?«, fragte er, um nicht fragen zu müssen, wie er sicher sein sollte, dass Baran zurückkam, dass er sich auf ihn verlassen konnte.

»Einen grünen Geländewagen«, erwiderte Baran und ging.

Clément würde es nicht zehn weitere Minuten in dem Café aushalten. Er zahlte seine Limonade und Barans Tee, nahm seine Tasche mit dem Aufnahmegerät und die Brille und trat vor die Tür. In einem winzigen Kiosk gegenüber kaufte er eine Packung Kaugummi, um die Zeit zu überbrücken.

Als dann tatsächlich ein neongrüner Geländewagen mit der Aufschrift eines Hotels in der schmalen Gasse vorfuhr, glaubte Clément an eine Verwechslung. Baran saß am Steuer und trug die verspiegelte Sonnenbrille, in der Clément sich selbst winzig klein auf dem Gehweg sah.

»Hast du den geklaut?«, fragte er beim Einsteigen.

»So ähnlich«, erwiderte Baran und forderte ihn auf, die Brille aufzusetzen.

Clément folgte seiner Anweisung und spürte, wie der Wagen sich in Bewegung setzte. Dass sie stadtauswärts fuhren, konnte Clément daran erahnen, dass die Luft, die durch den geöffneten Fensterspalt zu ihm hineinwehte, angenehmer wurde, sauberer und weniger stickig. Auch die Geräusche nahmen ab. Baran fuhr durch bergiges Gelände. Als hätte die Blindheit ihm auch die Stimme genommen, schwieg Clément.

Zwei Stunden mussten vergangen sein, als Baran den Wagen stoppte und den Motor ausstellte.

»Sind wir da?«, fragte Clément.

»Noch nicht. Aber du kannst die Brille absetzen. Pinkelpause.«

Zögerlich nahm Clément die Brille ab und blinzelte in das gleißende Licht. Über der Straße flimmerte die Hitze. Er öffnete die Wagentür und sah sich um. Baran hatte in einem schmalen, kargen Tal gehalten, unmöglich, eine Richtung, ein Detail zu erinnern. Es gab kein Straßenschild, keinen Baum und keinen Strauch, der es erlaubt hätte, den Ort zu bestimmen. Einige Meter hinter dem Wagen stand Baran und pinkelte auf den sandigen Boden.

»Durst?«, fragte er, als er fertig war und auf Clément zukam, der noch immer mit dem gleißenden Licht zu kämpfen hatte.

Clément nickte und nahm eine eiskalte Flasche Wasser entgegen, die Baran aus einer Kühltasche im Kofferraum genommen hatte.

»Warum sprichst du so gut Französisch?«, wollte Clément von ihm wissen.

Baran nahm einen Schluck aus einer bunten Limonadendose. »Ich habe bei einer französischen Hotelkette im Büro gearbeitet. Da schnappt man einiges auf. Ich dachte mir, dass ich es eines Tages noch brauchen werde.«

»Erstaunlich, wirklich. Du sprichst gut«, lobte Clément.

Baran legte den Kopf schief und musterte ihn. »Warum sprichst du so schlecht Türkisch?«

Clément lachte. »Ich hätte nicht gedacht, dass ich es mal brauche.«

»Warum schickt deine Zeitung dich hierher, wenn du die Sprache nicht kannst?«, wollte er wissen.

»Ich bin selbstständig und auf eigene Faust hier.« Clément bereute seine Aussage im selben Augenblick. Sie machte ihn verletzlich.

Die Fahrt dauerte weitere drei Stunden. Clément schloss hinter den geschwärzten Gläsern die Augen und konnte sich gegen das Einschlafen nur mit Mühe wehren. An einem Punkt, an dem Cléments Körper zum dritten Mal in Folge nach rechts gedrückt wurde, Baran zum dritten Mal links abbog, zweifelte er daran, dass sie tatsächlich eine weite Strecke hinter sich brachten. Vielleicht fuhren sie einfach nur im Kreis. Vermutlich würden sie niemand Entscheidendes treffen. Wahrscheinlich war das hier reine Abzocke. Gerade als Clément sich an diesem Gedanken festgebissen hatte, bremste Baran den Wagen scharf ab.

»Wir sind da«, sagte er.

Clément setzte die Brille ab und war froh, dass es bereits dämmerte und sie auf der Schattenseite eines hohen Berges parkten. In diesem Schatten lag auch ein kleines, sandfarben verputztes Steinhaus. Der Garten und die Begrünung der Terrasse hoben sich in ihrer Üppigkeit deutlich von der umliegenden Landschaft ab. Es musste hier eine Quelle geben, anders konnte sich Clément das viele Grün inmitten dieser Ödnis nicht erklären. Clément sah auf sein Handy, es hatte keinen Empfang.

Baran ging an den Kofferraum und holte eine Kunststoffkiste mit Lebensmitteln heraus.

»Wir sind auch die Versorgung?«

Baran nickte. »Hier kommt nur selten jemand her.« Ohne zu klopfen oder sich anderweitig bemerkbar zu machen, betrat er das Haus. Clément legte die Brille auf dem Sitzpolster ab, schulterte seine Tasche und folgte ihm. Im Innern des Hauses brannte bereits Licht, es musste also auch einen Generator geben.

In der Küche stellte Baran die Kiste auf dem Boden ab.

»Setz dich«, sagte er, »ich hole ihn.«

Clément stellte seine Tasche ab, öffnete sie und legte sein Notizbuch und das Aufnahmegerät auf den Tisch. Dann nahm er Platz und betrachtete das Innere der Küche. Der Tisch, an dem er saß, hatte tiefe Kerben von Messern, wirkte eher wie ein Arbeitstisch, nicht wie ein Tisch, an dem die Familie zusammen aß.

Baran kehrte nahezu lautlos zurück, gefolgt von einem Mann, der ein Schatten seiner selbst zu sein schien. Clément erhob sich, um den Kontaktmann, den er auf Ende fünfzig schätzte, zu begrüßen, doch dieser setzte sich stumm und ohne Handschlag auf den Platz ihm gegenüber. Missbilligend sah er zu Baran auf und sagte etwas, das Clément nicht verstand. Baran antwortete leise, fast sanft, und Clément vernahm seinen eigenen Namen.

»Er möchte keine Aufnahme seiner Stimme«, sagte Baran.

Clément nickte bestätigend. »Sag ihm, dass ich französischer Journalist bin. Erklär ihm bitte, dass ich mit ihm über den 15. und 16. Juli 2016 sprechen möchte, die Tage des Putschversuchs. Ich möchte wissen, welche Rolle er bei den Aufständen gespielt hat.«

Baran nickte und übersetzte, woraufhin der Mann einen langen Monolog hielt, ohne einen von beiden anzusehen. Baran zögerte, als dieser fertig war und die Hände auf den Tisch legte, als wollte man ihm Handschellen anlegen.

»Was hat er gesagt?«, fragte Clément.

Baran setzte sich nun ebenfalls an den Tisch, stellte eine knappe Rückfrage auf Türkisch, der Mann nickte, dann übersetzte er.

»Er möchte Asyl in Frankreich.«

Clément sah zwischen den beiden hin und her, wollte prüfen, ob das ein Scherz war.

»Nun, dann bin ich der Falsche.« Er sah sein Gegenüber direkt an. »Ich kann auf Ihren Fall aufmerksam machen, aber außer Landes bringen kann ich Sie nicht.«

Baran übersetzte, was dazu führte, dass die beiden leise, aber scharf miteinander diskutierten. Am Ende ließ der Mann den Kopf sinken und legte die Hände in den Schoß.

»Ich würde Ihnen wirklich gerne helfen«, sagte Clément. »Aber alles, was in meiner Macht steht, ist, dass die Welt Ihre Geschichte erfährt.«

Baran wiederholte das Gesagte auf Türkisch. Der alte Mann lachte.

»Was ist so lustig?«, wollte Clément wissen.

Baran sah ihn ernsthaft an. »Bist du ein guter Journalist?«

Clément zögerte. Er dachte an Jules und daran, dass er selbst nicht bereit war, größere Risiken einzugehen. »Wie meinst du das?«, vergewisserte er sich.

»Kannst du eine Geschichte aus etwas machen, wo es keine Geschichte gibt?«, fragte Baran.

Clément schüttelte den Kopf. »Ich verstehe nicht.«

Baran beriet sich mit dem Kontaktmann, leise, als könnte Clément ihre Worte, ihren Tonfall deuten.

Clément beobachtete die beiden genau, Baran, der sehr vertraut mit dem Mann sprach, ihn dabei immer wieder am Arm berührte. Der Mann war in sich zusammengesunken, wirkte nicht wie jemand, der noch vor einem Jahr Befehle gegeben hatte. Erst jetzt fielen Clément die schmutzigen Fingernägel und die schrundigen Hände auf. Das hier war ein Arbeiter, ein müder Arbeiter.

»Er ist kein General, oder? Er war bei dem Putschversuch nicht mal in der Nähe, habe ich recht?«, unterbrach er die beiden barsch.

Baran verstummte und sah ihn ausdruckslos an.

»Ich will mein Geld zurück, sofort«, forderte Clément.

Doch Baran rührte sich nicht.

»Wer ist das, und wo bin ich hier?« Cléments Stimme brach. Seiner inneren Unruhe folgend, sprang er auf.

»Setz dich«, forderte Baran ruhig und schob ihm den Stuhl wieder hin.

»Was spielst du hier? Und was für eine Rolle spielt dieser Mann?«

»Hinsetzen«, sagte Baran und klang mild dabei.

Ein Unbehagen machte sich in seiner Magengegend breit, und Clément fragte sich, wie weit er laufen müsste, bis sein Handy wieder Empfang hätte. Hier draußen blieb ihm ohnehin keine andere Wahl, als seinem Informanten Folge zu leisten. Ohne Baran würde er nirgendwo hinkommen. Clément unterdrückte die Unruhe seiner Hände, indem er nach der Stuhllehne griff und sich widerwillig setzte.

»Was wäre, wenn du eine andere Geschichte schreiben müsstest als die, wegen der du gekommen bist?«, fragte Baran.

»Für das viele Geld müsste sie verdammt gut sein«, erwiderte Clément, stützte die Ellenbogen auf dem Tisch auf und knetete seine Hände.

Baran nickte dem müden Mann aufmunternd zu.

»Das ist Ediz Birol, der Vater meiner Verlobten.«

Clément schnaubte. Er konnte nicht fassen, wie leichtgläubig er gewesen war und wie dumm offenbar Jules. »Und jetzt bezahlt ihr von meinem Geld die Hochzeit, oder wie muss ich das verstehen?«

Baran rang sichtlich um Fassung. »Nilay, meine Verlobte, ist verschwunden, seit über einem Jahr.«

Ediz, der lediglich ihren Namen verstanden haben konnte, schluchzte leise.

»Seit einem Jahr suchen wir nach ihr. Nichts. Nicht ein Zeichen von ihr.«

Clément sah Ediz an, der mit den Tränen rang. »Vielleicht hat sie es sich anders überlegt«, spekulierte er.

Baran schüttelte den Kopf. »Sie ist am Tag des Putsches verschwunden.«

»Das könnte ein Zufall sein.« Clément machte eine Handbewegung, mit der er die Geschichte vom Tisch wischen wollte.

»Nilay ist Schriftstellerin.«

Nun wurde Clément hellhörig. Er sah Baran direkt an und konnte keinen Hinterhalt, keine Verschwörung in seinen Augen erkennen. »War sie politisch engagiert?«

Baran schüttelte den Kopf. »Sie hat an einem Märchenzyklus gearbeitet. Zusammen mit einer Illustratorin, die das Buch bebildert hat.«

»Ein Kinderbuch? Ich glaube nicht, dass es dann einen Grund gab, sie verschwinden zu lassen.«

Ediz, der nicht verstanden haben konnte, was sie gesprochen hatten, schaltete sich ein.

»Er will, dass ich dir etwas zeige«, übersetzte Baran, stand auf und zog eine Schublade auf. Das Foto, das er vor Clément auf den Tisch legte, zeigte eine zarte junge Frau, vielleicht zwanzig Jahre alt, umringt von Kindern.

»Das ist in einem Bergdorf in der Nähe von Ankara«, sagte Baran und setzte sich wieder.

»Ich verstehe nicht, was das alles soll«, sagte Clément erneut.

»Ich habe die Sprengkraft ihrer Texte selbst lange unterschätzt. Die ganze Familie hat das.«

Baran übersetzte, was er Clément gesagt hatte, woraufhin Ediz wieder anfing zu weinen.

»Nilay hat die Dörfer in den Bergen bereist und alte Geschichten gesammelt. Kindermärchen, wenn du so willst. Aber Nilay hat sie umgeschrieben, hat moderne Texte für Kinder und Erwachsene daraus gemacht.«

»Worin liegt die Sprengkraft?«, wollte Clément wissen.

»Sie sind doppeldeutig. Man kann sie als das lesen, was sie sind: Geschichten aus den Bergen. Man kann sie aber auch anders verstehen.«

»Als Gesellschaftskritik?«, vermutete Clément.

»So richtig ist mir das erst klar geworden, als sie die Illustratorin hinzugezogen hat. Nilay erzählte mir von der Idee, die Geschichten mit gezeichneten

Bildern zu ergänzen, die die Gezi-Proteste von 2013 zeigen.«

»Also ist Nilay doch politisch«, vermutete Clément.

»Ich bin mir da selbst nicht mehr sicher. Vielleicht kenne ich sie gar nicht richtig.« Baran sah auf, als hätte dieser Gedanke ihn erschreckt.

»Erzähl mir mehr von dem Buch.«

»Es gibt ein Foto, das damals um die Welt gegangen ist. Darauf ist zu sehen, wie ein Polizist einer Demonstrantin Tränengas direkt ins Gesicht sprüht. Die Frau trägt ein rotes Kleid, eine Halskette und eine Umhängetasche aus Stoff. Sie sieht überhaupt nicht gefährlich aus, greift den Polizisten nicht an. Sie steht einfach nur da, und ihre Haare wehen im versprühten Gas.«

Baran sah ihn fragend an.

»Ich kenne das Bild«, bestätigte Clément nickend.

»Nilay hat das Foto, wie viele andere Nachrichtenbilder aus dem Jahr 2013, von der Illustratorin nachzeichnen lassen. Oft mit minimalen Veränderungen. Das Foto von der Frau im roten Kleid sollte auf das Buchcover. In der gezeichneten Variante trägt die Frau Nilays Gesicht.«

»Also zählt sie sich zu den Oppositionellen?«

»Das habe ich erst verstanden, als sie mir den Vorschlag für das Cover gezeigt hat. Sie hat gesagt, dass sie dafür sorgen will, dass Kinder lernen, was wahr und was gelogen ist. *Baran*, hat sie gesagt, *die kommenden Generationen werden mit einer anderen Wahr-*

heit aufwachsen als der unseren. Für sie war klar, dass, wenn eine ganze Generation von Kindern in den Schulen umgedreht würde, es für die moderne Türkei keine Rettung mehr geben konnte. Das wollte sie verhindern.«

»Wer wusste von dem Manuskript?«, wollte Clément wissen.

»Ihr Bruder Adil und mein jüngerer Bruder Bulut, die selbst bei den Demonstrationen im Gezi-Park dabei gewesen sind.«

»Hatte sie schon einen Verlag für das Buch?«

Baran zögerte. »Das ist es ja gerade. Einen Tag vor dem Putschversuch hat sie einen Anruf bekommen, dass ein Verleger aus Istanbul Interesse habe. Sie sollte ihn am nächsten Tag treffen.«

»Wo?«, fragte Clément.

»In einem Café in der Altstadt.«

»War sie allein dort?«

Baran nickte und sah Ediz schuldbewusst an.

»Und seitdem kein Lebenszeichen«, schloss Clément aus dem Erzählten.

»Nicht ein einziges.«

»Aber ich verstehe nicht, wie man auf sie aufmerksam geworden sein soll.« Clément schüttelte den Kopf.

»Genau zwei Jahre nach Gezi«, sagte Baran zögerlich, »hat Nilay einen Benefizabend in einem Gemeinschaftszentrum in der Nachbarschaft organisiert. Für Opfer des Gezi-Protests. Es gab Lesungen und Musik. Bei euch wäre das einfach ein netter Abend, bei uns gleicht es einem Aufstand.«

Clément überlegte. Er hatte nichts. Nichts, womit er Geld verdienen konnte. Es gab keinen General, keinen Putschisten, keine Story. Nur einen erschöpften Mann, der seine Tochter vermisste.

Doch was hatte er zu verlieren? Zum jetzigen Zeitpunkt würde er mit leeren Händen nach Paris zurückkehren.

»Also gut«, sagte er. »Wo fangen wir an?«

Baran nickte und übersetzte für Ediz, dem daraufhin ein winziges Lächeln über das traurige Gesicht huschte.

»Mein Bruder Bulut hat all seine Kontakte genutzt.« Baran schüttelte den Kopf, als gäbe es keine Hoffnung mehr.

Auch wenn Ediz und Baran nicht so aussahen, als müsste man vor ihnen flüchten, musste Clément die Möglichkeit in Betracht ziehen, dass Nilay einfach gegangen war.

»Was ist also die Vermutung?«, fragte er.

»Ihr Bruder Adil glaubt, dass man sie mundtot machen wollte. Am Tag des Putsches stand die Türkei kopf. Eine Verhaftung mehr oder weniger ist da nicht aufgefallen.«

»Glaubt ihr das auch?«, fragte Clément.

Baran nickte und sah Ediz an. »Wir glauben, dass sie schon eine Weile unter Beobachtung stand. Den angeblichen Verleger gibt es in ganz Istanbul nicht.

Vielleicht kam der Putschversuch einfach zufällig dazu. Man konnte sie in einer großen Anzahl von Verhaftungen verschwinden lassen. Keiner hat an diesem Tag so genau hingeschaut.«

Die Nacht verbrachten sie in den Bergen. Baran kochte von den mitgebrachten Vorräten. Seine Handgriffe zeugten von genauer Kenntnis, und das Essen schmeckte wunderbar. Ediz aß nur spärlich und schwieg einen Großteil des Abends. Von Baran erfuhr Clément, dass Ediz hierher in die Berge in das ehemalige Haus von Tante und Onkel geflüchtet war, weil er die Verfolgung fürchtete. Seit einem Jahr hielt er sich hier versteckt und wurde von Baran versorgt. Seine Ehefrau, die es hier mit ihm nicht ausgehalten hatte, war nach wenigen Monaten zu einer Cousine nach Ayaş in die Nähe von Ankara gezogen, wo auch sie versuchte, unsichtbar zu sein. Auf Cléments Nachfrage deutete Baran an, dass ihre Ehe unter Nilays Verschwinden gelitten hatte. Ihre Liebe zueinander verhinderte, dass sie sich gegenseitig im Schmerz ertragen konnten. Clément hatte davon gehört, dass Paare, die ein Kind verloren, große Krisen durchmachten. Mit der Ungewissheit, die das Verschwinden ihrer Tochter betraf, waren Ediz und seine Frau allein, jeder für sich. Keiner der beiden wollte oder konnte dem anderen eine Schuld, eine Mitverantwortung für all das hier aufladen. Seit Monaten sprachen sie höchstens miteinander, wenn Baran

Ediz an eine Stelle in den Bergen brachte, an der es Empfang für sein Handy gab. Die Familie zerfiel in ihre Einzelteile.

»Hast du das Manuskript?«, wollte Clément wissen, als Ediz sich bereits schlafen gelegt hatte.

»Ihr Bruder Adil hat nach Nilays Verschwinden alles aus ihrem Zimmer bei den Eltern geholt, was sie hätte belasten können. Alle Texte.«

»Und die Geschichten sind bis heute nicht erschienen?«

Baran schüttelte den Kopf. »Zu gefährlich.«

»Kannst du sie mir zeigen?«

Baran ging in ein Zimmer neben der Küche und kehrte mit einem Stapel ausgedruckter Seiten zurück. Unschlüssig betrachtete Clément Nilays Arbeit, den türkischen Text, der nun auf dem zerschrammten Küchentisch lag.

»Und die Zeichnungen?«, fragte er.

»Hat die Illustratorin. Auch sie sind nicht veröffentlicht.«

»Meinst du, dass auch sie in Gefahr ist?«

Baran schüttelte den Kopf. »Sie ist vorsichtig. Vorsichtiger als Nilay.«

Clément nickte und blätterte durch die losen Seiten des Manuskripts.

»Soll ich dir vorlesen?«, fragte Baran.

Die halbe Nacht hindurch übersetzte Baran die Texte, die möglicherweise für Nilays Verschwinden verantwortlich waren. Sie handelten von Bergen und Tälern, von alten Frauen und jungen Mädchen, von mutigen und von feigen Männern, von Bären und Falken, von Geistern und Hexen. Die genannte Sprengkraft konnte Clément in den Märchen nur erahnen. Ihm fiel es schwer, von dem tatsächlich Erzählten zu abstrahieren, eine Gesellschaftskritik hineinzuhören. Das Land und die Umstände waren ihm trotz der hiesigen Recherche fremd geblieben. Einzig in einem Märchen mit dem Titel *Der Bär und das Mädchen* erkannte er die wachsende Übermacht des Staates und die Auflehnung des Einzelnen.

»Hm«, machte Clément und bemerkte, dass Baran plötzlich so erschöpft aussah wie Ediz.

»Ich werde mich auch hinlegen«, sagte Baran. »Gut, dass du hier bist. Ediz tut es gut.«

Clément nickte.

»Soll ich dir noch einen Mokka kochen?«

»Nicht nötig«, sagte Clément und sah Baran hinterher, wie dieser im Nebenzimmer verschwand und die Holztür hinter sich schloss.

Als es vor den Fenstern bereits dämmerte, trat Clément vor die Tür und rauchte eine Zigarette. Der erste helle Lichtstreif hinter den Bergen ließ die Sterne verblassen.

Baran, der die wenigen Stunden gut geschlafen zu haben schien, bewegte sich dynamisch und stellte die leere Kunststoffkiste in das Heck des Wagens. Die

Verabschiedung von Ediz fiel herzlicher aus, als Clément es sonst von Interviewpartnern gewohnt war.

»Können wir auf dem Rückweg hier halten?«, fragte Clément und gab Baran beim Einsteigen den Zettel, den Inés ihm zu Hause in Paris geschrieben hatte. Sie und Lilou, ihr Zuhause in der Rue Talma konnten ihm an diesem Tag nicht ferner erscheinen. Der Zettel mit der Handschrift seiner Frau war ihm ein Anker, eine an diesem Morgen notwendige Gewissheit. Ihr Wunsch, ihr Auftrag, erschien ihm wichtiger denn je.

»Pas de problème«, sagte Baran und sah plötzlich wieder aus wie der von Jules heraufbeschworene Animateur.

Bis zu der genannten Adresse trug Clément wieder die blinde Brille. Baran musste ihn nicht darum bitten.

In dem kleinen Hinterhoflager eines Gewürzhandels kaufte Clément nach der Liste seiner Frau ein. Anschließend ließ er sich von Baran in jenem Viertel Istanbuls absetzen, in dem Jules sein Zimmer hatte.

Jules war nicht da, hatte aber an der Wohnungstür einen Zettel für ihn hinterlassen.

Triff mich hier und bring mit, was du bekommen hast.

Darunter ein Ausdruck von Google Maps mit einem von Hand eingezeichneten Kreuz in einer kleinen Seitenstraße am Stadtrand von Istanbul. Daneben der Name eines Restaurants: *Uzaktan*.

Clément stutzte über diese Anweisung. Erst jetzt ahnte er, dass Jules von Anfang an mit dringesteckt hatte. Jules hatte gewusst, dass Baran Clément nicht zu einem ehemaligen General bringen würde, der an dem Putschversuch beteiligt gewesen war. Jules war schlau genug, um zu wissen, dass Clément bei der dünnen Informationslage, was Nilays Verschwinden betraf, nach Hause geflogen wäre. Er hätte den Aufwand nicht betrieben. Jules war ein Spieler, und in der Regel gewann er. Clément riss den Zettel ab. Eigentlich hätte er eine Dusche und ein paar frische Klamotten gebraucht, doch das erschien an diesem Tag gleichgültig.

zog den Koffer vom Kleiderschrank. Er war leer, ließ sich leicht händeln. Sie öffnete ihn, sah hinein und hielt inne. Genau diesen Augenblick, dachte sie, hatte ihre Mutter vor vielen Jahren erlebt, sie hatte vor einer ähnlich schwerwiegenden Entscheidung gestanden. Die Anrufe und Mails, die Christiane von ihr aus Deutschland bekam, hatten einen Tenor. *Du musst da weg.* Das, so hatte ihre Mutter ihr gesagt, hatte diese damals in der DDR ganz deutlich gespürt.

Bloß weg.

»Ich konnte nicht mehr atmen«, hatte die Mutter erst gestern am Telefon zu Christiane gesagt. »Kannst du noch atmen, dort in Istanbul?«

Die Mutter war als junge Frau aus der DDR in den Westen geflüchtet. Christiane kannte jedes Detail ihrer Flucht, den Grund ihrer plötzlichen Abreise. Ihre Mutter war Sekretärin in einem Chemieunternehmen gewesen.

»Eines Tages habe ich gemerkt, dass mein Telefon abgehört wurde, Briefe geöffnet waren, bevor sie bei mir eingingen.« Sätze dieser Art kannte Christiane von ihrer Mutter, sie waren zu Anekdoten geworden, die man sich auf Familienfeiern erzählte.

Weißt du noch, damals …

Und nun war Christiane hier in Istanbul und ihr Bürotelefon wurde abgehört. Sicher sein konnte sie nicht, aber es hatte in den letzten Tagen merkwürdige Zufälle gegeben.

Eine türkische Künstlerin, mit der sie eine Verabredung telefonisch vereinbart hatte, war zum abgemachten Zeitpunkt nicht erschienen. Einen Tag später kam eine knappe Mail, in der die Künstlerin mitteilte, dass sie nicht an der angebotenen Gruppenausstellung interessiert sei. Auf Christianes Anrufe reagierte sie danach nicht mehr.

Als Christiane einen Tag nach der geplatzten Verabredung ihr Büro im *Istanbul Contemporary* betrat, fand sie ihre Papiere an anderer Stelle vor, als sie diese abgelegt hatte. Auch das konnte ein Zufall sein. Die Reinigungskräfte wechselten häufig, hatten unterschiedliche Routinen. Mal stand der Mülleimer rechts unter dem Schreibtisch, mal links. Aber dieses Mal hatte Christiane das Gefühl, dass jemand an ihrem Computer gewesen war. In der Woche schaltete sie ihn für gewöhnlich nicht aus. Am Mittwochmorgen jedoch musste sie ihn zu Arbeitsbeginn hochfahren. Beim Hausmeister hatte sie nachgefragt, ob es in der Nacht einen Stromausfall gegeben habe, auch das kam vor, doch dieser verneinte.

Christiane öffnete den Kleiderschrank, streifte die Blusen von den Bügeln und legte sie in den Koffer. Hosen, Kleider, Schuhe folgten. Im Bad packte sie ihre Kosmetika zusammen, ließ das Necessaire jedoch auf der Ablage stehen.

Im Flur hielt sie inne und sah sich in ihrer kleinen Wohnung um. Ein Zimmer mit Kochnische und ein Bad, mehr hatte sie nicht gebraucht in den letzten drei Jahren. Die Tage verbrachte sie im Museum, die Abende mit Kollegen, die schnell zu Freunden geworden waren, in den Restaurants von Karaköy. In der Kochnische bereitete sie sich höchstens einen Tee zu oder schnitt Obst. Ihr Leben fand draußen statt, es hatte den Rhythmus der Stadt angenommen.

Auf dem Weg zum *Istanbul Contemporary* lief Christiane durch das Viertel. An jedem anderen Morgen hätte sie in ihrem Stammlokal am Straßenrand gefrühstückt oder zumindest einen Mokka getrunken. Doch heute nicht. Sie musste zu Kazim, musste ihm sagen, dass sie es nicht mehr aushielt, dass sie gehen würde, endgültig.

Kazim Canavar, den Chef-Kurator des *Istanbul Contemporary*, hatte sie vor drei Jahren in New York kennengelernt, wo sie in einer kleinen Galerie in Williamsburg gearbeitet hatte. Er hatte sich die von ihr kuratierte Ausstellung in einer alten Fabrikhalle angesehen und sie kurz vor ihrem dreißigsten Geburtstag abgeworben. Nach Stockholm und New York war Istanbul eine neue Herausforderung für Christiane gewesen.

Gemeinsam mit Kazim hatte sie vor allem deutsche

und skandinavische Exponate nach Istanbul geholt. Seit über einem Jahr jedoch war das Interesse ihrer internationalen Kontakte rückläufig, vor allem Künstler mit doppelter Staatsbürgerschaft scheuten die Einreise.

Christiane querte die graffitiverzierten Straßen. Karaköy war bunt, die Cafés, die es hier gab, ähnelten jenen in ähnlichen Vierteln in New York, Berlin oder Stockholm. Zwar waren die Menschen in den Cafés hier braun gebrannter und einen Großteil des Jahres dünner angezogen als jene Cafégäste in Stockholm, doch man schien sich über die Internationalität dessen, was hier passierte, einig.

Der Schuhkarton, wie sie das *Istanbul Contemporary* in Gedanken manchmal nannte, lag von der Morgensonne beleuchtet am Ufer des Bosporus. Hinter dem Museum ragte die Nusretiye Moschee auf, ließ es von der Seeseite so aussehen, als würde die Kuppel auf dem umgebauten Lagerhaus ruhen. Vom Schiff und vom asiatischen Teil der Stadt aus verschmolzen das Museum und die Moschee optisch miteinander. Christiane jedoch näherte sich vom Parkplatz. Sie betrat das Gebäude, ging ohne Umweg zu Kazims Büro und fand es leer vor. Doch sie ahnte, wo er um diese Zeit zu finden war, wenn er nicht am Schreibtisch saß. Morgens, vor der Öffnung der Türen, saß Kazim oft in der Bibliothek des Museums. Normalerweise tief versunken in einen Bildband, eine Enzyklopädie, in die Biografie eines Künstlers. Doch heute saß er einfach nur da, starrte in den Raum und auf die Bücherwand vor ihm.

»Günaydın«, sagte Christiane und setzte sich neben ihn.

»Guten Morgen«, erwiderte Kazim und lächelte schwach.

»Du siehst schrecklich aus«, sagte Christiane.

»Danke, du auch.«

Christiane nickte und ließ ihre Aktentasche auf den Boden gleiten.

»Du willst kündigen, habe ich recht?«, sagte er ohne Umschweife. Kazim fuhr sich mit der Hand über das müde Gesicht.

Christiane hatte nicht geglaubt, dass er ihr zuvorkommen würde. Sie hatte sich ihre Worte genau zurechtgelegt, nun hatte Kazim ihre Choreografie zerstört.

»Hast du hier übernachtet?«, fragte sie deshalb, doch Kazim ging nicht auf sie ein.

»Ich habe mich gestern Abend mit einer Künstlerin getroffen.« Kazim griff neben sich und reichte Christiane eine kleine bemalte Tonschale, in der Mulde erkannte sie eine nachlässige Darstellung der Blauen Moschee. Unschlüssig drehte Christiane den Gegenstand in den Händen.

»Was soll das sein?«

Kazim schmunzelte. »Ein Souvenir.«

»Ich verstehe nicht.«

»Es soll dich daran erinnern, wofür du hier bist.«

»Ich bin nicht sicher, ob ich hierbleiben kann«, sagte Christiane leise.

»Habe ich gemerkt.« Kazim zeigte auf die Schale in Christianes Händen. »Hässlich, oder?«, sagte er.

Christiane nickte. »Was kann sie sonst noch, diese Künstlerin?«

Kazim lachte. »Zeichnen«, sagte er. »Ihre Bilder haben Wucht. Ich habe sie gesehen.«

»Politisch?«, wollte Christiane wissen.

»Und wie.«

»Du wolltest eine Weile unter dem Radar bleiben, nichts riskieren für das Museum«, sagte Christiane. »Und sie sollte besser auch nichts riskieren.«

»Sie wird sich nicht zu erkennen geben, will unter dem Pseudonym Mihri Hanım ausstellen.«

Christiane stutzte. »Wie die Porträtmalerin, die Atatürk gemalt hat?«

Er nickte. »Die erste Künstlerin der Türkei.«

»Und jetzt willst du meine Meinung?«, vermutete Christiane.

»Ja. Ich bin unsicher, ob wir uns das leisten können.«

»Du hast Angst, den Bogen zu überspannen«, vermutete Christiane.

Kazim nickte erschöpft.

Christiane fühlte sich in ihren Gedanken ertappt. Sie hatte alle Waffen strecken wollen. Erst jetzt wurde ihr klar, dass Kazim dieser Weg nicht offenstand.

Er konnte nicht einfach ausreisen und es sich in Deutschland bequem machen.

»Wir könnten Unverfängliches ausstellen, zumindest bis der Ausnahmezustand aufgehoben ist.« Kazim seufzte und stand auf, ging auf das Bücherregal zu und drehte sich zu ihr um.

»Woran hast du gedacht? An das hier?« Christiane hielt die Schale hoch und entlockte Kazim ein Lächeln.

»Ich bin mir nicht mehr im Klaren darüber, ob das hier mein Kampf ist«, erklärte Kazim.

Christiane überlegte und streckte den Rücken. Sie fragte sich, wie das Leben ihrer Mutter verlaufen wäre, hätte diese sich damals in der DDR fürs Bleiben entschieden. Die Mutter hatte nach der Flucht von Westberlin aus viel Energie in die Unterstützung ostdeutscher Musiker gesteckt, die ausgewiesen worden waren. Was wäre gewesen, hätte sie diese Energie ins eigene Land gesteckt, anstatt sie fortzutragen und andernorts einzusetzen?

»Es ist dein Kampf, weil Bilder, die du aussuchst, etwas bewegen können«, sagte Christiane deshalb. »Du kannst etwas ausrichten. Du hast hier den Raum, um eine Aussage zu treffen, also triff sie!«

»Alles andere wäre feige?«, sagte Kazim nachdenklich.

»Exakt«, erwiderte Christiane und dachte an ihre Mutter.

Sie nickte, als wollte sie sich zuversichtlich stimmen, und schwieg eine Weile. Kazim sah erbärmlich aus. Er hatte sicher zehn Kilo abgenommen in den letzten Monaten. Die politische Lage zehrte an ihm wie an den Künstlern.

»Meine Mutter hat mir als Kind immer dieses Märchen erzählt«, setzte Christiane schließlich an.

»Ein Märchen?« Kazim zog die Augenbrauen hoch und lehnte sich rücklings an die Bücherwand.

»Es handelt von drei Brüdern«, versuchte sie sich zu erinnern. »Alle drei erben etwas, als der Vater stirbt. Der erste Sohn einen Ranzen, der zweite einen Hut, der dritte ein Horn. Alle drei Gegenstände haben eine Fähigkeit. Auf Kommando kommen aus dem Ranzen sechs bewaffnete Soldaten, aus dem Hut ein Regiment und aus dem Horn eine ganze Armee. Die Brüder probieren ihre Gegenstände aus und merken schnell, welche Macht sie durch ihren Besitz erlangen. Der zweite Bruder begreift, dass sein Regiment die sechs Soldaten des ersten Bruders zu schlagen vermag. Er sagt seinen Männern, dass sie dem Bruder den magischen Ranzen abnehmen und ihm bringen sollen. Den Bruder schlagen sie tot. Daraufhin begreift der dritte Bruder, dass eine Armee stärker ist als das Regiment und die sechs Soldaten des zweiten Bruders. Er schickt seine Armee los, lässt den Bruder töten und nimmt sich den Ranzen und den Hut.«

»Was soll mir das sagen?« Kazim verschränkte die Arme vor der Brust.

»Als Kind habe ich gedacht, es ginge darum, nicht

immer alles haben zu wollen. Der dritte Bruder besitzt am Ende alles, ist aber ganz allein. Heute weiß ich, dass es darum geht, mit der eigenen Macht weise umzugehen.«

»Ich würde sagen, es geht darum, dass nur der überlebt, der die stärkste Waffe hat«, sagte Kazim.

»Könnte Mihri Hanım die stärkste Waffe sein?«, fragte Christiane.

Kazim zog die Schultern hoch. »Was ist, wenn wir nur glauben, wir hätten die stärkste Waffe? Wenn wir in Wahrheit nicht der dritte, sondern der zweite Bruder sind. Es also eine noch stärkere Macht gibt?«

»Das müssen wir riskieren«, sagte Christiane.

»Das müssen wir riskieren«, wiederholte Kazim und sah sie fragend an. »Heißt das, du bleibst?«

Christiane nickte, noch nicht gänzlich überzeugt von ihrem Mut. »Die Künstlerin, wie trete ich mit ihr in Kontakt, wenn wir nicht telefonieren oder mailen können?«

Kazim stieß sich von der Wand ab, die ihn gestützt hatte. »Ich vereinbare ein Treffen. Sie ist oft im Lesesaal der Staatsbibliothek. Nimm die Schale mit und stell sie auf den Tisch, dann weiß sie, wer du bist.«

Die Bibliothek unweit der Universität lag in Beyazıt. Christiane setzte sich an einen der Leseplätze im historischen Lesesaal und stellte die Schale gut sichtbar unter eine der modernen Stablampen, die ihren Sitzplatz vom gegenüberliegenden trennte wie ein

Hindernis beim Hürdenlauf. Die bemalten Gewölbe über ihr wurden von mächtigen Pfeilern getragen, die den Raum zerteilten und zwischen den Lesereihen standen wie die Beine eines riesigen Elefanten. Es war Mittagszeit, und von den Studierplätzen waren lediglich vier besetzt. In ihrer Bankreihe saß ein einzelner junger Mann, vertieft in ein Buch mit alten arabischen Handschriften. Er hatte nicht aufgesehen, als Christiane hörbar den Stuhl zurechtgerückt hatte. Sie ahnte, warum Kazim diesen Treffpunkt für ihre erste Begegnung mit Mihri Hanım ausgesucht hatte. Kaum jemand würde sie hier beachten, eine Kuratorin und eine junge Frau, die dem Alter nach sicher als Studentin durchgehen konnte. Hier würden sie unsichtbar sein, ungesehen von den Schaulustigen in den engen Bars und Cafés der Stadt.

Christiane zog ein Buch aus der Tasche. Um nicht aufzufallen, bis Mihri Hanım sich zu ihr setzen würde, schlug sie es auf und blätterte darin, ohne wirklich zu lesen.

Christiane schreckte auf, als der Stuhl ihr gegenüber lautstark nach hinten gerückt wurde. Sie sah auf und über die Absperrung zwischen den Tischen hinweg. Vor ihr stand ein Mann, dessen kurzärmliges Hemd in die kräftigen Oberarme einschnitt. Der Unterarm, der zu jener Hand führte, die den Stuhl abgerückt hatte, war tätowiert. Christiane erkannte eine E-Gitarre, unter der ein unleserlicher Schriftzug in Flammen aufging.

»Der Platz ist besetzt«, sagte Christiane leise auf Türkisch.

Doch der Mann, den sie auf Mitte zwanzig schätzte, setzte sich, als hätte er sie nicht verstanden.

»I am waiting for someone«, flüsterte sie deshalb.

Der junge Mann, dessen Gesichtszüge durch den akkurat geschnittenen Bart umso kantiger wirkten, schmunzelte und griff nach der Schale, die zwischen ihnen stand. Achtlos drehte er sie in den Händen.

»You are waiting for me«, sagte er in normaler Lautstärke, sodass der Mann am Ende der Reihe aufsah.

Christiane sah ihr Gegenüber ausdruckslos an. »Ich warte auf eine junge Frau«, zischte sie.

»Ich vertrete sie«, raunte er, stellte die Schale zurück auf die Mittellinie zwischen den Tischen und lehnte sich zurück.

Christiane lehnte sich nach vorne, um unter der Stablampe hinwegsehen zu können. Nur zögerlich kam er ihr entgegen.

»Wer sind Sie?«, fragte sie.

»Ein Freund. Nennen Sie mich Bulut.«

Er legte die Unterarme auf der Tischplatte ab, und Christiane versuchte erneut den Schriftzug zu entziffern.

»Christiane«, sagte sie knapp. »Mein Freund sind Sie nicht.«

Er grinste. »Ich bin ein Freund von Mihri Hanım.«

»Warum kommt sie nicht selbst?«, flüsterte sie.

»Sie will ihr Gesicht nicht zeigen.«

Christiane seufzte. Das hier würde schwieriger werden, als sie gehofft hatte.

»Wie ich sehe, haben Sie keine Mappe dabei. Wie wollen Sie mir die Bilder Ihrer Freundin zeigen?«, fragte sie.

Bulut zog ein Handy aus der Hosentasche, tippte darauf herum und reichte es ihr. Die Scheibe des Displays war gebrochen.

»Nach rechts wischen«, sagte er, als traute er ihr das technische Verständnis nicht zu.

Christiane glitt mit dem Finger über den Bildschirm, betrachtete die Zeichnungen, die in schlechtem Licht abfotografiert worden waren. Die Künstlerin nutzte lediglich drei Farben, das Weiß des Papiers, schwarze Linien und rote Flächen. Ansonsten waren ihre Darstellungen naturalistisch, wie von Fotos abgemalt. Christiane erkannte Szenen des Gezi-Protests, die die Künstlerin nur leicht verfremdet hatte. Kazims erster Eindruck bestätigte sich, ihre Zeichnungen hatten Wucht. Auch verstand Christiane jetzt, warum die, die sich Mihri Hanım nannte, nicht selbst hatte herkommen wollen. Sie brachte sich mit diesen Bildern in Gefahr.

Als der Bildschirm sich verdunkelte, schaute Christiane auf und gab Bulut das Handy zurück.

»Warum machen Sie das für sie? Sind Sie ihr Verlobter, ihr Mann?« Christiane betrachtete die gelb gerauchten Fingerspitzen seiner rechten Hand. »Brauchen Sie Geld?«

Bulut lachte und rückte etwas näher. »Ich bin ein Freund, nichts als ein Freund. Wollen Sie die Bilder oder nicht?«

Christiane atmete tief durch. »Wie soll das ablaufen, wenn wir keine Künstlerin haben, mit der wir die Ausstellung aufbauen können? Was sagen wir der Presse?«

Bulut sah sie eindringlich an. »Sie möchte, dass Sie die Auswahl der Bilder treffen. Sie wünscht ausdrücklich eine Frau für diese Aufgabe. Der Presse nennen Sie den Namen Mihri Hanım. Die Bezahlung geht am Tag der Eröffnung in bar an mich. Wir treffen uns um zehn Uhr morgens genau hier. Sie bringen eine schwarze Ledertasche mit und vergessen sie unter diesem Tisch.« Bulut legte die Hände auf die Tischplatte, stützte sich ab und stand auf.

»Wie bekommt das Museum die Bilder?«, zischte Christiane, die fürchtete, er würde einfach verschwinden. »Welche Sicherheit haben wir in der Planung?«

»Die Zeichnungen gehen Ihnen in den nächsten Tagen persönlich zu. Ich vertraue Ihnen.« Bulut lächelte.

Auf dem Heimweg ging Christiane über den Büchermarkt und beobachtete die Studenten, die in den Auslagen vor den kleinen Ladenlokalen stöberten. Sie war müde und spürte, wie die Anspannung des Treffens von ihr abfiel. Sie genoss die noch immer heiße Abendsonne auf ihrem Gesicht, ließ sich blenden und schloss im Gehen kurz die Augen. Unachtsam stieß sie mit einer Studentin zusammen, die am Straßenrand stand und in einem Buch las. Christiane stolperte und ließ die Schale fallen, die die Frau in einem schnellen Reflex auffing. Christiane entschuldigte und bedankte sich.

»Darauf sollten Sie besser aufpassen«, sagte die junge Frau und lächelte.

ließ den Kopf in die Hände sinken und knetete seine Lider. Einer Gewohnheit folgend zog er den kurzen schwarzen Zopf im Nacken straff. Die letzten drei Stunden hatte es keinen Anruf gegeben, drei Stunden, in denen er Foto um Foto gesichtet hatte. Manche der Bilder waren in ihrer Auflösung so gering, dass er nur noch Pixel sah, wenn er die Gesichter der Abgebildeten vergrößerte. Ihm flirrten die Augen. Adil trank einen Schluck Mokka, der mittlerweile kalt geworden war, und rief die nächste Seite mit Bildern auf.

Als das Telefon klingelte, zuckte er zusammen. Adil räusperte sich, ließ es noch zweimal klingeln und hob dann mit einem Lächeln den Hörer ab.

»Merhaba, *TT&D*, Istanbul. How can I help you?«

»Bulut hier. Sei nicht so förmlich.«

Als er die Stimme seines Freundes erkannte, sackte Adil in sich zusammen.

»Warum rufst du auf der Geschäftsnummer an?«

»Sicherer, vielleicht«, erwiderte Bulut.

Adil konnte hören, dass Bulut nicht von zu Hause aus telefonierte. Das Klappern von Gläsern und entferntes Stimmengewirr ließen darauf schließen, dass er aus irgendeiner Teestube in der Stadt anrief.

»Was gibt es Neues?«, wollte Adil wissen.

»Ich habe sie gefunden.«

»Wo?« Adil stockte der Atem.

»Auf einem Foto, das irgend so ein Typ am 15. Juli vergangenes Jahr auf Facebook geteilt hat«, sagte Bulut.

»Öffentlich?«

»Es ist nicht so ein Foto, wie du es dir wünschst. Der Typ hat nicht sie fotografiert.«

»Wer ist es? Kennst du ihn?«, fragte Adil.

»Nein, aber ich treffe ihn später. Er ist Franzose und arbeitet für eine Tageszeitung. Baran ist mit einem Kollegen von ihm bereits auf dem Weg in die Berge.«

»Ein Journalist? Wusste er, was er da fotografiert hat?«

»Nein«, vermutete Bulut.

Adil konnte nicht fassen, wie ruhig Bulut klang.

»Wird er darüber schreiben? Ich meine, macht er mit?«, fragte Adil.

»Ich weiß es nicht. Aber ich schicke dir den Link für das Foto«, sagte Bulut. »Mach keinen Mist!«

»Klar«, erwiderte Adil. »Alles klar, sicher.«

Dann legte Bulut auf, ohne sich zu verabschieden. Minutenlang klickte Adil das Empfangen-Symbol in seinem privaten Mailprogramm in einem separaten Fenster auf dem Bildschirm, bis endlich Buluts Nachricht ankam. Sein Freund und er wechselten ihre Accounts wöchentlich. Dieses Mal lautete Buluts Adresse karanlık@me.info.tr. Adil musste trotz seiner Anspannung lachen. In ihrer Jugend hatten er und Bulut die türkische Heavy-Metal-Band namens Karanlık heimlich hinter dem Wohnhaus von Adils Eltern gehört. Anhand ihrer Lieder hatten sie Englisch gelernt. *Run for your future, run for your life.*

Auf dem Schuttplatz hatten sie ihre damals noch viel zu kurzen Haare geschüttelt und Luftgitarre spielend *Hope has left you* geschrien.

Tears are gone. Face the facts, she won't return.

No one there to blame but yourself.

Seine kleine Schwester Nilay, ganze fünf Jahre jünger als er, hatte daran nicht teilgenommen, die Musik des großen Bruders lediglich mit einem Kopfschütteln abgeurteilt.

Bei jeder Gelegenheit, jeder Familienfeier, jedem Geburtstag der Kinder erzählte ihre Mutter die Geschichte, wie Adil als Fünfjähriger bitterlich geweint hatte, als er erfuhr, dass er eine Schwester und nicht wie gewünscht einen Bruder bekommen würde. Adil hatte sich nach jemandem gesehnt, mit dem er rangeln und raufen konnte, mit dem er sich messen konnte. Das kleine Mädchen, das stattdessen die Familie vervollständigte, musste sich nicht messen, wollte nicht kämpfen. Nilay wuchs heran und wurde behütet. Anders als bei Adil wurde darauf geachtet, dass sie sich beim Spielen nicht die Knie aufschlug. Nilay war vorsichtig, behutsam geradezu, so wie es von ihr erwartet wurde. Adil fand sie in den ersten Jahren allenfalls langweilig. Sie interessierte sich nicht für die Spiele, die Bulut und er auf dem Schuttplatz hinter dem Haus spielten, und blieb stets im Blickfeld der Mutter. Erst Jahre später kam es ihm in den Sinn, dass diese Nähe keine selbst gewählte gewesen war.

Als die sechsjährige Nilay zum ersten Mal allein zu Hause war, öffnete sie den Kühlschrank, nahm eine Sucuk, schnitt sie in kleine Stücke und verschwand damit nach draußen. Adil, der wissen wollte, wohin sie ging, kannte sie doch außerhalb der Wohnung nichts und niemanden, lief ihr nach. Aus sicherer Entfernung beobachtete er, wie sie einen Straßenhund aus der bloßen Hand fütterte. Nilay musste ihn aus dem Fenster beobachtet haben, und offenbar hatte sie entschieden, dass das räudige Tier die Sucuk dringender brauchte als sie. Der Hund hatte von Schmutz verklebtes Fell und schnappte immer wieder nach Nilays geöffneter Hand. Um die kleine Schwester zu schützen, rannte Adil los und scheuchte den Hund auf. Beim Fressen gestört, biss er Adil, und einer seiner spitzen Zähne riss eine Wunde in seinen Unterarm. Dass es anschließend Nilay war, die Adils Arm verband, beschämte ihn damals.

»Er will nur nicht angefasst werden. Wenn du ihn in Ruhe lässt, tut er nichts«, hatte Nilay gesagt.

»Wie kannst du da so sicher sein?«, wollte Adil von ihr wissen.

Nilay zuckte mit den Schultern. »Ich habe ihn beobachtet.«

Am Abend hatte Adil für sie gelogen. Vielleicht, weil er als der Ältere nicht als unachtsam dastehen wollte. Vielleicht auch, weil seine Schwester sich an diesem Tag in seinen Augen gewandelt hatte. Er fand sie auf eine Weise mutig, die er bei sich selbst damals noch suchte. Den Eltern hatte er erzählt, dass die Verletzung von einem zu wilden Spiel mit Bulut herrührte.

Ungeduldig klickte Adil auf den Link und suchte auf dem privaten Facebook-Profil eines Franzosen namens Jules Durand nach dem Foto, auf dem Nilay laut Bulut abgebildet sein sollte. Adil fand das Bild, das eine Seitenstraße in der Altstadt von Istanbul zeigte. Das Foto war mit einem Aufnahmedatum versehen, 15. Juli 2016, der Tag des Putschversuchs. Im Vordergrund des Selfies war ein Mann in Großaufnahme zu sehen. Adil vermutete, dass es sich um jenen Jules Durand handelte. Die Bildunterschrift lautete *petit-déjeuner*, Jules hatte mehrere Emoticons hinzugefügt: eine Kaffeetasse, einen lachenden Smiley und drei Sonnen. Adil zog das Bild auf seinen Schreibtisch und vergrößerte es. Er zoomte hin und her, um die optimale Einstellung zwischen Schärfe und Größe der Darstellung zu finden. Dann ließ er sich in seinem Bürostuhl nach hinten fallen und schlug die Hand vor den Mund. Es war Nilay, unverkennbar Nilay, die dort im Rücken des französischen Journalisten saß und mit einem ihm unbekannten

Mann in ihrem Alter Mokka trank. Adil unterdrückte ein Schluchzen. Am liebsten hätte er sofort seine Mutter angerufen, die seit Nilays Verschwinden nicht mehr richtig aß und stark an Gewicht verloren hatte. Doch dieses Foto änderte nichts an der Situation. Am Morgen vor dieser Aufnahme hatte Nilay bei Adil angerufen. Wahrscheinlich war sie aufgeregt gewesen wegen des Treffens mit ihrem zukünftigen Verleger, wahrscheinlich hatte sie seine Stimme hören wollen, eine Stimme, die ihr sagen sollte, dass alles gut werden würde. Weil Adil aber die Nacht zuvor mit Bulut durch die Bars von Beyoğlu gezogen und anschließend bei ihm und Baran in der Wohnung versackt war, hatte er ihren Anruf verschlafen. Am Abend, als in Istanbul bereits Schüsse zu hören waren, rief er sie zurück, um sich zu vergewissern, dass sie in Sicherheit war. Aber da war es bereits zu spät. Adil hatte Nilay seither weder gehört noch gesehen.

Erst als junger Erwachsener hatte Adil begriffen, wie ähnlich er und seine kleine Schwester sich all die Jahre, die er nichts von ihr hatte wissen wollen, gewesen waren. Als ihm die ersten Haare unter den Armen wuchsen und Buluts Oberarme von Monat zu Monat an Umfang gewannen, hatten die beiden Jungen die Nachmittage oft an einer einsamen Stelle am Bosporus verbracht. Unerlaubterweise waren sie hier, wo die Wellen sich an den Steinen brachen, oft schwimmen gegangen. In Unterhose stiegen sie in das wilde Wasser und ließen sich hin und her schubsen. Außer Atem ließen sie anschließend ihre Körper auf den aufgeheizten Steinen trocknen. Das Schwimmen im aufgewühlten Wasser, das Anarchistische des unbeobachteten Moments schien ihm allein den Jungen vorbehalten zu sein, ihm und Bulut. Dass sich seine kleine Schwester nur wenige Jahre später ähnlich heimlich und ähnlich unbekleidet in den Bosporus stürzte, sich tragen und ziehen ließ von der Strömung, erfuhr er durch einen Zufall von ihrer besten Freundin. Mit zu genauer Kenntnis über die geheime Badestelle hatte Emine sich verraten. Nach dieser Einsicht in die verborgene Welt der Schwester hatte Adil sich verboten, sich Emine in Unterwäsche vorzustellen, nass, mit schnellem Atem vom Schwimmen gegen die Brandung. In den folgenden Jahren brach Adil sein selbst auferlegtes Verbot jeden Abend.

Emines aufmüpfige Art, ihr Witz und ihre verbale Grobheit machten sie zu einer Kameradin, um die er Nilay manchmal beneidete. Auch wenn er damals noch nicht von Emines Mut auf den der kleinen Schwester schloss, hatten die beiden Mädchen in seinem Ansehen aufgeholt. Wenn er sie an den Nachmittagen vom Fenster der elterlichen Wohnung aus hinter dem Schuttplatz verschwinden sah, konnte er in ihren Kabbeleien, ihren beiläufigen Berührungen, dem leichten Schubsen keinen Unterschied zu Buluts Umgangsweise mit ihm ausmachen. Er begann, die beiden wie Jungen seines Alters zu respektieren, auch wenn Emine nachts in seinen Träumen alles Männliche ablegte.

Seit dem Putschversuch war mehr als ein Jahr vergangen, dreizehn Monate, in denen es kein Lebenszeichen, keine Spur von seiner kleinen Schwester gegeben hatte. Der Schnappschuss des französischen Journalisten war das letzte Bild, das es von ihr gab.

Adil schaltete den Drucker ein und druckte den Bildausschnitt, in dem Nilay gerade noch zu erkennen war. Dann gab Adil den Namen Jules Durand in die Suchleiste ein und erfuhr, dass er freier Journalist war und unter anderem für die Zeitung *Le Globe* schrieb. Sein beruflicher Auftritt war seriös, seine Einsatzgebiete zeugten von Mut, vielleicht auch von Größenwahn, was wiederum die Schnappschüsse auf seinem privaten Facebook-Profil bestätigten: Jules im Muskelshirt, Jules auf einem Panzer, Jules mit Fotoausrüstung in irgendeinem Dschungel.

Das Telefon klingelte erneut. Adil konnte nicht davon ausgehen, dass es wieder Bulut war, der ihn anrief, also setzte er sich aufrecht hin, nur das Lächeln wollte ihm diesmal nicht gelingen.

»Merhaba, *Turkish Tea and Delight*, Istanbul.«

»Hello?«

»Hello? How can I help you?«, fragte er.

»Oh, hi, sind das Sie, Adil?«

»Ja, Adil hier, mit wem spreche ich?«

»Ethan, Ethan O'Connor, *International Deli Union*, London.«

»Natürlich, Ethan, wie geht es Ihnen?«

»Blendend. Allerdings machen wir uns hier drüben etwas Sorgen um Sie.«

Die Aussage des Kunden traf Adil in diesem Augenblick unvorbereitet. Er schluckte und versuchte die Fassung zu wahren.

»Keine Sorge, alle Lieferungen gehen wie gewohnt raus«, sagte Adil und probierte ein Lächeln, das ihm schon nach einer Sekunde wieder aus dem Gesicht fiel. Es hatte klare Anweisungen vonseiten der Firma gegeben: keine politischen Aussagen, keine Informationen über die Lage vor Ort, am besten gar nicht erst auf die Fragen eingehen. *Alles läuft bestens*, sagte Adil sich mit geschlossenen Augen.

»Um den Tee und die Süßigkeiten geht es uns nicht. Meine Frau möchte wissen, wie es Ihnen und Ihren Kollegen geht. Wir haben lange nicht telefoniert.«

Adil rief den Kunden im Bestellprogramm der Firma auf. Die *International Deli Union* hatte zuletzt im Dezember 2016 geordert.

»Richtig«, sagte Adil. »Sie müssen unsere Waren längst ausverkauft haben. Wie soll man es im kommenden Herbst in London ohne Turkish Delight aushalten?«

Der Kunde lachte am anderen Ende der Leitung. Adil war erleichtert und entspannte sich etwas. Er wusste, dass die internationalen Kunden dachten, er säße im Callcenter einer großen Firmenzentrale. Dabei war die Bestellannahme von *TT&D* ein winziger Raum mit kaputter Klimaanlage und einem einzigen Schreibtisch. Für Adil war es ein Studentenjob gewesen, bis Nilay verschwunden war. Nun war es ein Job, um die Suche nach seiner Schwester zu finanzieren. Von dem Geld, das er an sechs Tagen in Schichten von jeweils zehn Stunden verdiente, unterstützte er seine Eltern und bezahlte Bulut dafür, dass dieser sich umhörte, finanzierte ihm Taxifahrten und Mietwagen.

»Sie haben recht«, sagte Ethan O'Connor. »Schicken Sie uns exakt die gleiche Menge aller Waren wie beim letzten Mal. Und haben Sie neue Produkte?«

»Neu im Sortiment sind Lokum mit getrockneter Aprikose und Grüner Tee mit Rosenblütenblättern.«

»Entsprechen die Verpackungseinheiten Ihrem Standard?«

»Ja, wie immer zehn Verkaufseinheiten je Verpackungseinheit«, sagte Adil.

»Schicken Sie mir davon jeweils fünf Einheiten zusätzlich.«

Adil füllte das digitale Bestellformular aus, übernahm die Mengenangaben der letzten Order und fügte den Rosenblättertee und die Süßigkeiten hinzu.

»Ist notiert. Kann ich sonst noch etwas für Sie tun?«, fragte er dann.

»Grüßen Sie Ihre Kollegin Yasemin von mir, sie hat mich beim letzten Mal so nett bedient.«

»Richte ich aus«, sagte Adil und sah auf die Uhr. Wahrscheinlich stieg sie in diesem Augenblick schon die vier Stockwerke zu ihm hinauf, in ihrer Tasche zwei Wärmebehälter, einen für Kaffee, einen für ihr Essen, denn sie hatte normalerweise die entgegengesetzte Schicht zu Adil und telefonierte nachts mit Kunden aus Übersee. Nur ab und zu tauschten Yasemin und Adil die Schichten, damit er Bulut und Baran tagsüber bei der Suche nach Nilay helfen konnte.

»Take care. Passen Sie auf sich auf«, sagte Ethan O'Connor.

»Goodbye London«, sagte Adil.

»Goodbye Istanbul«, erwiderte der Kunde und legte auf.

In fünf Minuten würde Yasemin übernehmen. Sie würde sich über seine Unordnung beschweren und das kleine Fenster aufreißen, durch das lediglich die stickige Luft des Lichtschachts zu ihnen hereindrang. Er musste sich beeilen, um alles korrekt an sie übergeben zu können. Schnell klickte Adil noch den Button für das Gratisgeschenk. Alle Kunden, mit denen er in den letzten Tagen gesprochen hatte, waren begeistert von dem Mini-Samowar, einem elektrischen Heißwasserbereiter in orientalischem Design. Etwas Kitsch konnte über vieles hinwegtäuschen.

Er sendete das Bestellformular ab und schrieb doch noch schnell einen Zettel zur Übergabe an Yasemin. *Greetings from London* :-), schrieb er darunter, *iyi ge-*

celer, Adil. Dann schnappte er seinen Büroschlüssel und den Ausdruck mit Nilays Foto und schlug die Tür hinter sich zu.

Adil nahm den Wagen und fuhr in das historische Zentrum der Stadt. In einer Seitengasse unweit der Hagia Sophia stellte er das Auto ab. Die Souvenirläden entlang der Straße hatten ihre Ständer mit Postkarten, bunten Tüchern und Töpferwaren rausgestellt. Es schien, als wartete man auf bessere Zeiten. Adil betrat das zweite Geschäft von insgesamt vier auf der linken Straßenseite und sah sich um. Der kleine Verkaufsraum war bis zur Decke angefüllt mit tönernen Schalen, bemalten Tellern und abgepackten Gewürzen. Zwei Japanerinnen tuschelten in einer Ecke und rochen abwechselnd an ein und derselben Teepackung. Ein dunkelhaariger Mann stand allein vor einem Regal mit getöpferten Krügen. Adil behielt ihn im Auge, nahm einen handbemalten Aschenbecher mit der Abbildung des Galata-Turms und stellte ihn auf den Verkaufstresen. Emine kam aus dem Nebenraum und nickte, als sie Adil erkannte.

»Was kostet der?«, fragte Adil und machte eine Kopfbewegung, die Emines Blick in die Richtung des Mannes lenkte.

»24 Lira«, sagte sie.

»Ich nehme ihn«, erwiderte Adil.

»Gerne.« Emine wickelte den Aschenbecher in ein Stück Zeitungspapier.

Als Adil sich prüfend umsah, war der Mann verschwunden, und die Japanerinnen verließen kichernd den Laden.

»Können wir reden?«, sagte Adil leise.

Emine nickte. Stumm ging sie nach vorne, schloss die Ladentür von innen ab und hängte ein Schild in das Fenster.

Öğle paydosu. Lunch break.

Sie ging voraus in das winzige Hinterzimmer, wo sie vor Blicken durch das Fenster geschützt waren. Wortlos legte Adil den Ausdruck mit dem Foto von Nilay auf den Tisch. Emine sah erst das Bild, dann ihn fassungslos an.

»Von wann ist das?«, fragte sie.

»Es wurde an dem Tag aufgenommen, an dem sie verschwunden ist.«

Emine nahm das Foto in die Hand und betrachtete die Freundin genau. Adil erkannte eine tiefe Wut unter ihrer Trauer. Emine hatte sich verändert, war mit ihm härter geworden. Vielleicht hatte Nilays Verschwinden sie beide erwachsen werden lassen, von heute auf morgen.

»Ein so altes Bild hilft uns nicht weiter«, sagte sie. »Es sagt nichts darüber aus, wo sie heute ist und ob es ihr gut geht.«

»Ich weiß«, beschwichtigte Adil sie. »Aber Bulut und Baran sind an dem Mann dran, der Nilay unwissentlich fotografiert hat.«

»Was nützt er uns, wenn er an diesem Tag nicht

Nilay aufnehmen wollte? Er kennt sie wahrscheinlich nicht mal.«

»Er ist Journalist, ein Franzose. Er und sein Kollege werden uns vielleicht helfen.«

»Vielleicht?« Emine legte den Ausdruck zurück auf den Tisch.

Im Ladenlokal klopfte jemand gegen die Scheibe. Emine ging voraus, und bedeutete Adil, hier zu warten. Er hörte, wie sie die beiden Japanerinnen bediente, die zurückgekehrt sein mussten, um den Tee nun doch noch zu kaufen. Als sie gegangen waren, kam er aus seinem Versteck und trat zurück vor den Tresen.

»Wenn der Franzose etwas für meine Eltern organisieren kann, willst du dann mit?«, fragte Adil.

»Nach Frankreich?«, vergewisserte sich Emine.

Adil nickte.

Zögerlich sah sie sich in dem kleinen Ladenlokal um. »Nun, ich hätte nicht gedacht, dass ich das hier mal mache.«

»Du könntest wieder zeichnen. Und ausstellen.«

Emine sah ihn lange nachdenklich an.

»Sag dem Franzosen, dass ich mitwill.« Sie packte den eingewickelten Aschenbecher in eine Plastiktüte und schob diese über den Tresen.

»Aber ich habe ihn nicht bezahlt.«

»Ein Geschenk«, sagte Emine.

»Ich rauche nicht mehr. Hat mir nicht gutgetan.«

»Ich habe ihn bemalt«, sagte sie. »Er soll dir Glück bringen.«

Adil sah sich um, dann küsste er Emine einem inneren Bedürfnis folgend auf die Wange. Wenn alles glattging, würde er sie nicht so schnell wiedersehen.

Ohne sich erneut umzusehen, verließ er das Geschäft und ging zurück zum Wagen. Im Gehen sah er auf sein Handy. Bulut hatte vor wenigen Minuten eine Nachricht geschickt.

Triff mich morgen Mittag im Käfig.

Adil wusste, was das hieß. Am Stadtrand gab es ein altes Restaurant, dessen Besitzer im Innenhof unzählige kleine Singvögel in Käfigen hielt. Er hatte das Lokal *Uzaktan* genannt, *von fern*, weil er aus Armenien stammte und schon nach dem ersten Glas Ararat zu Heimweh neigte.

Yarın görüşürüz.

Bis morgen, antwortete Adil und verkniff sich jegliche Rückfrage. Bulut hätte sie ohnehin nicht beantwortet.

Als Adil am nächsten Tag das Lokal betrat, entdeckte er Bulut an der Bar im Innenbereich. Seine Augen verrieten, dass das Glas, das vor ihm auf dem Tresen stand, nicht sein erster Rakı war. Adil begrüßte den Freund und erntete von ihm lediglich ein Kopfnicken.

»Wo sind sie?«, fragte Adil.

Bulut trank einen Schluck und wies mit dem Glas in der Hand zur Hintertür.

»Draußen, sie besprechen sich noch.«

»Was gibt es da zu besprechen?« Adil hielt nichts an der Theke. Mit schnellen Schritten trat er hinaus in den kleinen bewachsenen Innenhof, ringsum hingen die Käfige mit Vögeln, die lautstark zwitscherten und tschilpten.

An einem kleinen Tisch saßen zwei westlich aussehende Männer und diskutierten heftig auf Französisch. Adil erkannte einen von ihnen als den Mann von Nilays letztem Foto. Forsch trat Adil näher, was die beiden Männer verstummen ließ. Auf dem Bistrotisch lag eine zerfledderte Ausgabe von Nilays Manuskript.

»C'est Adil Birol, le frère de Nilay«, sagte Bulut, der ihm gefolgt war.

Auch wenn Adil kein Französisch sprach, konnte er ahnen, was Bulut gesagt hatte.

Bis zu Nilays Verschwinden hatte Bulut mit seinem großen Bruder Baran in einem französischen Hotel in Sarıgerme gearbeitet. Zwar sprach er nicht so gut wie Baran, doch Adil hoffte, dass seine Sprachkenntnisse für das hier ausreichen würden.

Bulut stellte die Franzosen als Jules Durand und Clément Fournier vor. Jules, der Coolere der beiden, den Adil seinem Facebook-Profil nach als Draufgänger eingeschätzt hatte, wirkte nervös. Das Wippen seines Knies ließ den kleinen Bistrotisch wackeln.

Der andere war hager, hatte hängende Schultern und wirkte kraftlos. Bulut hätte ihn mit nur einem Handgriff auf den Boden legen können.

Der Draufgänger bedeutete ihnen, sich zu setzen.

»Was konnten sie rausfinden über Nilay?«, fragte Adil in Buluts Richtung.

Bulut rang um die Worte, suchte lange nach den richtigen Vokabeln.

Jules, der scheinbar das Reden übernehmen würde, hatte recherchiert.

Bulut übersetzte, dass Jules eine andere Schriftstellerin ausfindig gemacht habe, die erst vor Kurzem aus dem Frauengefängnis Bakırköy entlassen worden war. Sie könne sich erinnern, dass es in den Tagen nach dem Putschversuch eine Vielzahl von Neuzugängen gegeben hatte.

»Und? Hat diese Schriftstellerin Nilay getroffen?«, fragte Adil ungeduldig.

Jules sah zu Boden, als Bulut seine Frage übersetzte, und schüttelte den Kopf. Dann rekapitulierte er anscheinend das Gespräch mit der Frau.

»Aber sie war dort«, übersetzte Bulut. »Nilay war für einige Tage in diesem Gefängnis.«

Adil hielt nichts mehr auf seinem Stuhl. Die Sehnsucht nach seiner kleinen Schwester, das Bedürfnis nach etwas Normalität, nach einer guten Nachricht für die Mutter war so groß, dass es ihn innerlich zerriss. Aufgewühlt ging er in dem kleinen Hof hin und her. Der Kies knirschte unter seinen Sohlen. Vor einem der Käfige blieb er stehen und betrachtete den kleinen Vogel, der unaufhörlich piepte. Er drehte sich zurück zu Bulut.

»Wer ist die Frau, wie zuverlässig ist ihre Aussage?«, wollte er wissen.

»Er kann den Namen der Schriftstellerin nicht nennen, sagt er.«

»Aber woher wissen wir, dass er die Wahrheit sagt, dass sie die Wahrheit sagt?«

Jules sprach weiter, ruhig, fast monoton. Bulut machte Adil ein Zeichen abzuwarten, ihn erst ausreden zu lassen. Jules sprach lange, wobei der andere Franzose kleiner und kleiner zu werden schien. Bulut nickte bloß ab und zu. Adil beobachtete ihn dabei genau, den großen, starken Bulut, der früher auf dem Schulhof manchmal zwei Jungs auf einmal verprügelt hatte, und bemerkte, wie die Farbe aus seinem Gesicht wich.

»Setz dich«, sagte er ungewohnt leise, als Jules mit seiner Geschichte am Ende war.

»Was ist los? Was ist mit Nilay?« Adil trat von einem Bein auf das andere und stützte die Arme in die Hüften.

»Setz dich hin, verdammt!«, brüllte Bulut ihn aus dem Nichts heraus an.

Adil hielt augenblicklich inne und nahm Platz, auch wenn sein Körper den Stillstand kaum aushielt.

Bulut beugte sich zu ihm, seine Stimme war sanft, er sah dem Freund nicht in die Augen. »Sie war dort, sie war in diesem Gefängnis, nach dem Putschversuch vor einem Jahr.«

»Und jetzt, wo ist sie jetzt?« Adil sah zwischen den beiden Franzosen hin und her, die ihn offensichtlich nicht verstanden und seinen Blick mieden.

»Hör mir zu«, sagte Bulut, griff Adil ans Kinn und drehte sein Gesicht so, dass er ihm in die Augen sehen musste. Buluts Blick war müde, gläsern vom Rakı und geschwächt von der Suche nach Nilay, vielleicht auch erschöpft von Adil, der über ein Jahr nicht hatte aufgeben wollen. Und dann sprach Bulut aus, was Adil ohnehin schon im Blick seines Freundes las.

»Sie ist tot.«

Adil war, als hätte jemand alle Vögel zum Schweigen gebracht. In ihm löste sich etwas, öffnete sich ein Ventil, das ihn leer laufen ließ.

Er dachte daran, wie er und Nilay als Kinder oft gestritten hatten. Einmal war der Vater allein mit ihnen gewesen, weil die Mutter zum Tee bei einer Nachbarin war. Ungeübt im Schlichten von Kinderstreit war Ediz wütend geworden über den Lärm und das Toben. Kurzerhand hatte er die Kinder gepackt und in den Wandschrank gesperrt. Adil hatte im Dunkeln gekichert, weil er damals schon durchschaut hatte, dass der Vater es nicht ernst meinte, sie gleich befreien würde. Als er bemerkte, dass Nilay sich unter den Jacken und Mänteln nicht regte, hatte er nach ihrer Hand gegriffen.

»Hast du Angst?«, hatte er gefragt.

Und Nilay hatte ihr *Nein* wie eine Selbstverständlichkeit klingen lassen. Seine Hand jedoch ließ sie nicht los, bis der Vater den Schlüssel umdrehte und das matte Nachmittagslicht dieses Wintertages wieder zu ihnen hereinfiel.

Adil spürte Buluts kräftige Hand an seinem Knie, er rüttelte an ihm, rüttelte ihn wach und holte ihn zurück. Der Freund suchte ungerührt seinen Blick.

»Wie können sie sicher sein?«, fragte Adil und hörte sich selbst wie in weiter Ferne.

»Jules' Informantin, die Schriftstellerin, hat Nilay nicht kennengelernt. Aber sie hat von einer anderen Gefangenen gehört, dass es wenige Tage nach dem Putschversuch einen Selbstmord gegeben hat. Eine der Frauen hat sich nachts in der Zelle die Pulsadern aufgeschnitten und ist verblutet. Sie hieß Nilay.«

»Es kann eine andere Nilay gewesen sein«, sagte Adil.

Bulut schüttelte den Kopf. »Der Selbstmord ist unter den Frauen lange diskutiert worden, weil die Inhaftierte, die sich umgebracht hat, eine Botschaft hinterlassen hat, die niemand deuten konnte.«

»Was für eine Botschaft?«

»Sie hat mit Bleistift einen riesengroßen Bären an die Wand ihrer Zelle gezeichnet.« Buluts Stimme versagte, und sein Griff um Adils Knie schloss sich so fest, als müsste er ihm eine Stütze sein.

Ayı ve kız. Der Bär und das Mädchen.

Adil nickte und sah Jules an. »Das ist aus einem ihrer Märchen. Das ist sie. Das ist Nilay«, sagte er.

Jules stoppte das Wippen seines Knies, hielt inne. Dann sprach er leise und ruhiger als zuvor weiter.

»Er glaubt, dass der Verleger, den Nilay angeblich treffen sollte, ein verdeckter Ermittler war«, übersetzte Bulut.

Adil kamen die Tränen. Das Treffen mit dem Verleger war alles gewesen, worauf Nilay über Jahre hingearbeitet hatte. Die vielen Rechercheresisen, die schier endlose Arbeit am Manuskript und die Zusammenarbeit mit Emine waren alles gewesen, wofür sie in den Monaten vor ihrem Verschwinden gelebt hatte.

»Das wird der beste Tag meines Lebens«, hatte sie am Vorabend des Treffens zu Adil gesagt. Sie hatte geglüht, vor Vorfreude und Eifer und sicher auch vor Stolz. Jemand nahm ihre Arbeit ernst.

In Wahrheit hatte man sie ausspioniert, sie in eine Falle gelockt und dazu animiert, ihre Arbeit offenzulegen. Vielleicht hatte der vermeintliche Verleger das Manuskript an sich genommen, mit dem Versprechen, es zu prüfen. Geprüft worden war es, das stand mittlerweile außer Frage. Jedoch nicht auf seine literarische Qualität, seine Vermarktungsfähigkeit hin.

»Er glaubt, dass es ein Zufall war, dass Nilay am Tag des Putschversuchs verhaftet wurde«, wiederholte Bulut Jules' Worte. »Niemand konnte ahnen, was passiert.«

»Aber …«, setzte Adil an, doch seine Stimme versagte.

Clément mischte sich ein, sprach schnell, aber konzentriert.

»Er meint, dass die vielen Verhaftungen und die Wirren um den Putschversuch es leichter gemacht haben, Nilays Selbstmord zu vertuschen. Vielleicht wurde sie nie registriert.«

Adil nickte, drückte mit Daumen und Zeigefinger die Nasenwurzel, doch die Tränen ließen sich nicht stoppen.

»Ist okay«, raunte Bulut ganz leise und drückte Adils Knie noch fester.

Und in Adils Kopf erklang das Lied, das er und Bulut als Kinder gebrüllt hatten, immer wieder, ohne damals zu wissen, was die Worte bedeuten sollten.

Hope has left you, tears are gone. Face the facts, she won't return.

übergab sich in die Toilette. Es kam nicht viel, etwas Wassermelonensaft, die Erdnüsse aus dem Flugzeug, Magensaft. Sie hatte schon am Morgen keinen Appetit gehabt. Der kurze Flug von Bodrum zurück nach Istanbul war planmäßig gestartet. Irgendwo über dem Marmarameer war ihr dann so schlecht geworden, dass sie in eine der winzigen Flugzeugtoiletten geeilt war, obwohl die Anschnallzeichen schon aufleuchteten.

Nun kam der letzte Rest. Trotz der anhaltenden Übelkeit sollte sie bald etwas Vernünftiges essen. Schließlich musste sie jetzt für zwei handeln.

Vor den geöffneten Fenstern ihres Hotelzimmers hupten die Autos. Sie war daran gewöhnt, es klang ein wenig wie zu Hause in Rom. Nur heute machte die Lautstärke ihr Kopfschmerzen. Francesca schloss die Badezimmertür hinter sich, um den sauren Geruch einzusperren. Kraftlos wankte sie zum Fenster und streifte dabei die Schuhe von den Füßen.

»Asshole«, hörte sie eine wütende Männerstimme von draußen.

Francesca zog die Gardine beiseite und sah hinaus. In der schmalen Gasse unter ihrem Fenster standen sich ein kleiner Lieferwagen und ein knallgelber

Sportwagen gegenüber, Schnauze an Schnauze. Francesca konnte den Fahrer des Lieferwagens sehen, der wild gestikulierte und immer wieder auf die Hupe drückte. Von dem Fahrer des Sportwagens konnte sie nur den drohenden Arm aus dem geöffneten Fenster ragen sehen.

»Asshole yourself«, rief der Sportwagenfahrer mit osteuropäischem Akzent und stimmte in das Hupkonzert ein.

Francesca schüttelte den Kopf, griff zum Mobiltelefon und wählte Davides Nummer.

»Ciao, Cesca«, hörte sie ihn. Er klang munter, auch wenn es in Vietnam bereits Abend sein musste.

»Ciao, Davide«, erwiderte sie geschwächt. Sie stolperte über die Schuhe und legte sich auf das Sofa am Fenster. Einhändig öffnete sie den Knopf ihrer Hose, um den unangenehmen Druck von ihrem Bauch zu nehmen.

»Wie war es in Bodrum? Du klingst müde.«

»Ich bin müde«, sagte Francesca und empfand ihre Aussage als Untertreibung. *Ich bin schwanger*, das hätte sie eigentlich sagen sollen, doch sie tat es nicht. »Bodrum war wunderbar und erschreckend zugleich.«

»Hat das Erdbeben viele Häuser beschädigt?«, fragte Davide.

»Mehr, als ich dachte. Kannst du dich noch an das kleine Restaurant in Gümbet erinnern, in dem wir beim letzten Besuch gegessen haben?«

»Natürlich.« Davide lachte. »Seafood und so viel Wein, dass wir uns am Ende des Abends verlaufen haben.«

Francesca lächelte. »Genau das. Es steht nicht mehr.«

»Merda«, sagte Davide und schien einen Augenblick lang in der Erinnerung festzuhängen.

»Hast du Hasan getroffen?«, fragte er schließlich.

»Ja, er schickt die Lieferungen für den nächsten Monat los, sobald die Lager wieder zugänglich sind. Die Stoffe haben nichts abbekommen, nur die Zufahrtswege waren versperrt.«

»Und wie geht es ihm?«

»Ich soll dich grüßen. Seine Familie ist glimpflich davongekommen, all seine Häuser in den Bergen sind unbeschädigt.«

»Hasan hat das Geld, um solide zu bauen«, sagte Davide.

»Er sagt, dass er nur auf ein Beben dieser Art gewartet hat, um allen zu zeigen, dass er recht hat. Wie war noch die Redewendung, die er benutzt hat … *Derjenige, der die Wahrheit ausspricht, wird aus neun Dörfern verjagt.*« Francesca legte die flache Hand auf ihren schmerzenden Bauch.

»Das klingt nach Hasan. Habt ihr auch darüber gesprochen, dass wir uns zurückziehen?«, fragte Davide.

»Ich habe ihm gesagt, dass wir ob der politischen Lage überlegen, die Produktionsstätten zu verlegen.

Und dass ich heute Nachmittag mit Altay darüber sprechen werde«, erwiderte Francesca.

»Wie hat er reagiert?« Davide klang kühl.

»Ungehalten. Er hat gesagt, dass Politik alles Gute kaputt macht.«

Davide lachte, diesmal aber verhaltener. »Klingt auch nach Hasan.«

»Er ist traurig.«

»Er ist Geschäftsmann«, erwiderte Davide.

»Ich vergesse das manchmal. Die letzten fünf Jahre waren so intensiv. Es kommt mir vor, als wäre er einer unserer engsten Mitarbeiter.«

»Er ist ein Lieferant. Wir werden einen neuen finden. Du kannst Altay am Nachmittag sagen, dass wir eine Alternative haben.«

»Jetzt schon?« Ein Jahr nach Gründung ihres Labels *Baco da Seta* hatte Francesca Davide die Zuständigkeit für die Produktionsstätten übertragen, um mehr Zeit für Designs und Marketing zu haben. Das bereute sie jetzt, doch konnte sie ihm diese Kompetenz nicht einfach wieder entziehen.

»Hier läuft es einfach großartig. Die Vietnamesen reagieren flexibel. Sie können doppelt so schnell produzieren. Bei der längeren Frachtzeit verlieren wir zwar wieder etwas Zeit, aber schneller bleiben sie trotzdem.«

»Du bist erst seit zwei Wochen dort. Meinst du nicht, wir sollten noch andere Länder in Betracht ziehen?«

»Do Thien hat mir zugesichert, dass wir das gesamte Spektrum an Stoffen bei ihm produzieren können. Er wird uns eine Weberei exklusiv sichern und alle Musterabsprachen mit uns persönlich durchführen.«

»Für die Umstellung brauchen wir Monate«, vermutete Francesca.

»Das wird wunderbar«, sagte Davide. »Erinnerst du dich noch, wie aufregend die ersten Produktionen in der Türkei waren?«

Davide und Francesca hatten sich damals eine Wohnung in Istanbul genommen und waren zwischen Ankara, Bodrum und Bursa gependelt. Über ein Jahr hatten sie in der Türkei gelebt. Davide hatte schneller Türkisch gelernt als sie, hatte abends oft mit den Männern aus ihrer Straße im Café gesessen und Brettspiele gespielt.

Als die Produktion auf die speziellen Bedürfnisse von Francescas Modelinie eingestellt war, waren sie zurück nach Rom in ein kleines Apartment gezogen. Die regelmäßigen Besuche bei ihren türkischen Zulieferern aber waren für beide besonders geblieben. Dass es Davide nun scheinbar so leichtfiel, das alles hinter sich zu lassen, wunderte Francesca. Nach dem Putschversuch im vergangenen Jahr hatte er abends wie gebannt vor dem Fernseher in ihrem Apartment in Rom gesessen und schweigend die Nachrichten verfolgt.

Kurz vor ihrer diesjährigen Stippvisite in der Türkei hatte Davide ihr eröffnet, dass er nicht mitkommen würde. Sie hatte geglaubt, dass er sein Engagement für die Modenschau einsetzen wollte, die es in Nizza vorzubereiten galt. Eine finnische Schauspielerin hatte eines von Francescas Seidenkleidern in Cannes auf dem roten Teppich getragen. Sie hatte es nicht, wie sonst bei offiziellen Anlässen üblich, direkt vom Designer bezogen, sondern musste es in einer der von *Baco da Seta* belieferten Boutiquen gekauft haben. Heimlich sozusagen. Die Resonanz auf ihr Outfit an diesem Abend war groß gewesen. Der Zufall hatte es so gewollt, dass die noch relativ unbekannte Kerttu Frederiksson an diesem Abend den Preis als beste Darstellerin für ihre Rolle in *Stumbling Dreamers* erhielt. Davide hatte das vermutlich erste Foto mit Trophäe kurz nach der Verleihung auf Instagram entdeckt. Die vierundvierzigjährige Kerttu Frederiksson sah in dem goldfarbenen Seidenkleid aus wie eine Göttin. Ein Freund von Davide hatte es retweetet und *this is how winners are made* und den Namen von Francescas Label hinzugefügt. In der Folge wurde *Baco da Seta* in drei italienischen Magazinen an prominenter Stelle erwähnt. Zusätzlich wusste Francesca international von insgesamt zweiunddreißig Zeitschriften, die ein Bild von Kerttu Frederiksson in ihrem Kleid abgedruckt hatten.

Nun galt es, an diese erste große Aufmerksamkeit anzuknüpfen. Doch Davide hatte nicht geplant, nach Nizza zu reisen. Er wollte nach Vietnam.

»Wir könnten hier noch mal von vorne anfangen«, sagte er.

»Von vorne?« Francesca setzte sich auf.

»Ich meine, mit den Produzenten.«

Sie schüttelte den Kopf und fühlte die Übelkeit erneut aufsteigen. »Wir riskieren eine Produktionslücke«, sagte sie.

»Mit dem, was Hasan demnächst rausschickt, sind wir sicher bis zum nächsten Sommer. Bis dahin läuft auch hier die erste Produktion.«

»Ich weiß nicht«, sagte Francesca.

Draußen vor den Fenstern setzte das Hupkonzert wieder ein. Offenbar hatten die beiden Fahrer nur pausiert, sich aber noch nicht geeinigt. Francesca legte die Hand auf das das freie Ohr, um Davide verstehen zu können.

»Lass uns ein Jahr in Vietnam leben. Wir stellen hier die Produktion auf sichere Füße, unterstützen Do Thien bei der Einweisung seiner Arbeiterinnen. Vergiss den feuchtkalten Winter in Rom. Hier muss es wunderbar sein im Januar.«

In der Gasse drückte einer der beiden Fahrer nun im Sekundentakt auf die Hupe. Es erschien ihr kindisch. Francesca stand auf und schloss das Fenster.

»Ich kann nicht«, sagte sie und zögerte.

»Warum nicht?«

»Ich muss erst mit Altay sprechen, das bin ich ihm schuldig.«

Altay würde es Francesca nicht leicht machen, das verriet schon sein Gesichtsausdruck am nächsten Morgen. Altay strahlte. Sie hatte den kleinen, dicken Mann bei keinem ihrer Besuche in den letzten fünf Jahren schlecht gelaunt oder auch nur gleichmütig vorgefunden. Altay leuchtete wie seine Seidenstoffe.

»Merhaba«, sagte er und verbeugte sich leicht, als er die Hintertür des Lagerhauses im Stadtviertel Güngören für Francesca öffnete.

»Merhaba, Altay, wunderbar, Sie zu sehen.«

Er war gealtert, musste mittlerweile über sechzig sein, ein Jahr hatte sie ihn nicht gesehen.

»Gleichfalls, gleichfalls, kommen Sie rein. Ich habe gerade Tee gemacht.«

Altay führte sie in den winzigen Büroraum, der gewohnt unaufgeräumt war. Stoffmusterbücher lagen aufgeblättert auf den Aktenschränken, Kundenbestellungen waren handschriftlich auf Zetteln notiert und auf einen langen Dorn auf dem Schreibtisch aufgespießt. Als Francesca das Büro vor Jahren zum ersten Mal betrat, hatte sie nicht an die Möglichkeit einer verlässlichen Zusammenarbeit geglaubt. Am liebsten hätte sie sich damals umgedreht, wäre gegangen und hätte ihre Seidenstoffe bei einem überteuerten Händler in Italien bestellt. Dieser hatte ein Warenbestellsystem mit Produktnummern und Codes und ein Büro, in dem ein Strauß Lilien auf dem Schreibtisch stand. Doch Altay hatte sie durch Vielfalt und Qualität überzeugt, nicht zuletzt natürlich durch den Preis. Er war günstiger als die meisten Händler in Italien oder Frankreich, und er produzierte auch selbst, was Francesca den nötigen kreativen Spielraum für ihre Designs verschafft hatte. Und zu ihrer Überraschung hatte es in den fünf Jahren trotz des vermeintlichen Chaos in Altays Büro nicht eine Fehllieferung gegeben. Nicht ein Ballen Stoff hatte gefehlt, nicht ein Muster war verdruckt gewesen. Altay war aufgeräumter, als sein Büro es vermuten ließ.

»Setzen Sie sich! Wie geht es Davide? Ist er nicht mitgekommen dieses Mal?«

Francesca nahm auf einem Hocker vor dem Schreibtisch Platz. Umständlich schichtete Altay ungeöffnete Post um und stellte ein kleines Teeglas vor ihr ab.

»Nein«, sagte sie zögerlich. »Er ist nicht dabei diesmal. Aber er lässt Sie grüßen.«

»Schade, wirklich. Beim nächsten Mal.«

Francesca nahm einen Schluck Tee und blieb die Bestätigung schuldig.

»Wie laufen die Geschäfte?«, wollte Altay wissen.

»Sehr gut. Wir produzieren mittlerweile vierzig Prozent mehr als im ersten Jahr«, sagte Francesca.

»Gut, das ist gut. Das heißt, dass wir die Margen für die kommende Saison erhöhen müssen.«

Francesca wand sich. Sie stellte das Glas zurück auf die blecherne Untertasse. »Ich habe gehört, dass *Janna Nue*, *Creol* und *Montigo* ihre Produktion aus der Türkei zurückziehen.«

Altay saß hinter seinem Schreibtisch und sah sie über einen Berg von Stoffproben hinweg an.

»Sie wollen mit mir über Politik reden?« Altays Strahlen verebbte in einem undefinierten Lächeln.

»Ich möchte wissen, wie es Ihnen damit geht. Hat das Abwandern der großen Marken direkte Folgen für Ihren Standort hier in Istanbul?«

Altay verschränkte die Arme und legte sie auf dem Bauch ab.

»Wir kennen uns lange«, sagte er und hob die ergrauten Augenbrauen. »Glauben Sie, dass ich Ihnen dazu die Wahrheit sage, wenn ich Sie als Kundin behalten will?«

Francesca sah zu Boden. »Den, der die Wahrheit sagt, verjagt man aus neun Dörfern«, zitierte sie Hasan.

Altay nickte. »Kommen Sie, ich will Ihnen etwas zeigen.« Er stand auf und öffnete quietschend die Metalltür zum Flur.

Francesca folgte ihm durch einen langen, niedrigen Flur, der fensterlos und grell beleuchtet an einen Keller erinnerte, auch wenn sie das Straßenniveau nicht verlassen hatten. Am Ende des Gangs öffnete Altay eine weitere Metalltür und ließ Francesca vorgehen. Hinter der Tür eröffnete sich ein Lagerraum von der Größe eines Kirchenschiffs.

Es war Jahre her, dass Francesca zum letzten Mal in diesem Raum gewesen war. Altay hatte ihr die damals neu installierten Lagersysteme mit Hubwagen und

Computersystem gezeigt, um, so vermutete sie, von seinem Büro abzulenken. Damals waren die Regale noch halb leer gewesen. Der neue Standort hatte sich im Aufbau befunden.

Nun waren die Regale randvoll bis an die hohen Decken mit eingeschweißten Stoffballen. Sie und Altay waren gleichzeitig, wenn nicht gemeinsam groß geworden. Sie waren gewachsen, hatten voneinander profitiert, und nun sollte all das ohne ihr Zutun zu Ende sein.

»Ihr Lager ist wie ein Süßwarenladen für mich«, sagte Francesca und lächelte schwach. Die Farben der Stoffe strahlten trotz der Plastikfolie, der Glanz der Seide war durch die Verpackung erkennbar. Francesca konnte den Blick nicht abwenden. Auch, weil sie Altay in diesem Moment nicht ansehen wollte.

»Davide verpasst was«, sagte sie leise. Doch Altay reagierte nicht auf sie. Mit kleinen, schnellen Schritten, die von den Wänden widerhallten, ging er voraus. Francesca musste sich anstrengen, Schritt zu halten.

»England«, sagte Altay und berührte im Vorbeigehen die Konstruktion des ersten Hochlagers, das auf ihrem Weg lag. Hier lagerten vor allem dunkle Stoffe in Marine, Bordeaux und Schwarz. Francesca vermutete, dass es sich um die nicht abgerufene Ware für die nächste Wintersaison handelte. Bei ihr waren die Winterstoffe längst verarbeitet. Sie hatte die letzte Order noch komplett abgerufen.

»Deutschland«, sagte er und zeigte auf das nächste

Regal auf der linken Seite. Dann schnellte er hinüber zur anderen Seite und berührte das gegenüberliegende Regal, als wollte er abklatschen. »Frankreich.«

Altay beschleunigte sein Tempo und eilte im Zickzack an den Regalen vorbei, zeigte nur mit ausgestrecktem Arm in das ein oder andere Zwischenabteil. Francesca folgte ihm auf geradem Weg.

»Ungarn, Polen, Litauen.« Altay sah sich nicht nach ihr um. »Spanien.« Hier schillerten die Stoffe in allen erdenklichen Farben: Aquamarin, Zitrone, Cyan. Francesca hoffte, dass es sich nicht um die Bestellungen der vergangenen Sommersaison handelte.

Unbeirrt lief Altay weiter. Am Ende der Halle drehte er sich um und zeigte mit beiden Armen gleichzeitig nach rechts.

»Holland, Dänemark, Schweden«, sagte er und dabei schnellten seine beiden Zeigefinger parallel zueinander auf und ab.

Als Francesca bei ihm ankam, drehte sie sich um und stellte sich neben ihn, sodass sie das Lager in seiner Fülle betrachten konnte.

»Hier lagert ganz Europa«, sagte sie leise.

Neben ihr wippte Altay auf den Fersen und betrachtete dabei die eigenen Schuhspitzen über den Bauch hinweg. Er hatte anscheinend nicht vor, ihr bei diesem Gedanken zu helfen.

Sie stellte sich vor, wie eine Stornierung nach der anderen in dem kleinen Büro am anderen Ende des Flurs einging. Nicht per Mail, sondern per Fax oder

Anruf. Und sie fragte sich, ob Altay noch ohne Angst den Hörer seines Telefons aufnehmen konnte. Ob er bereits ebensolche Telefonate mit seinen Zulieferern hatte führen müssen, um die angesetzten Warensendungen zu stoppen, die hier keinen Platz mehr fanden. Altay war ein Mann, der stets sein Wort gehalten hatte. Nun, so vermutete sie, musste er selbst vertragsbrüchig werden. Sein Wort stand infrage.

»Sie können nichts dafür«, sagte sie deshalb.

Altay seufzte. »So einfach ist die Welt nicht. Ich bin Türke, und ich konnte in diesem Jahr wählen. Wählen zwischen zwei Möglichkeiten. Das habe ich gewissenhaft getan. Aber vielleicht habe ich im Vorfeld des Referendums nicht gewissenhaft genug mit anderen darüber gesprochen. Vielleicht hätte ich andere überzeugen können, so zu wählen, dass Beziehungen Bestand haben. Ich hätte mit meinen Mitarbeitern sprechen müssen, mit den Freunden meiner Töchter. Ich habe mich nicht dafür eingesetzt, dass diese Stoffe ausgeliefert werden können, dass meine Kunden sie noch von uns haben wollen.«

»Überleben Sie das? Ich meine, kann Ihre Firma das verkraften?«

»Das Lager nebenan ist leer. Aus Japan, China und Indien wurden alle Vorbestellungen abgerufen. Das deckt die wichtigsten Kosten. Bei den Asiaten geht Wirtschaft vor Politik.«

»Für die sind wir einfach zu weit weg«, sagte Francesca und dachte an Davide.

»Verjagen Sie mich nun aus neun Dörfern?« Altay sah sie an.

Francesca schüttelte den Kopf, ohne zu antworten.

»Kommen Sie heute zu uns zum Essen. Meine Frau würde sich freuen, Sie kennenzulernen.«

Francesca nickte dankend. Sie konnte unmöglich ablehnen, es wäre einer Stornierung all ihrer Bestellungen gleichgekommen.

»Ich schicke abends einen Wagen zu Ihrem Hotel und lasse Sie abholen.«

Als das Telefon klingelte und die Dame von der Rezeption sich meldete, erfuhr Francesca, dass der Wagen bereits auf sie wartete. Der Fahrer war überpünktlich. Nichts anderes hatte sie von Altay erwartet. Dann jedoch gab es eine Überraschung. Sie hatte mit einem Taxi gerechnet, das Altay für die Fahrt vom Hotel zu seinem Wohnhaus bestellt hatte. Stattdessen stand ein dunkelblauer Mercedes mit getönten Scheiben in der schmalen Gasse. Der Fahrer öffnete ihr die hintere Tür und ließ sie einsteigen.

»Wie lange fahren wir?«, fragte sie, als sie sah, dass in der Halterung zwischen den Sitzen eine kleine Flasche Wasser für sie bereitstand.

»Etwas über eine Stunde«, antwortete der Fahrer.

»So? Ich dachte Herr Emre wohnt in der Stadt.«

»Das tut er. Nur fünf Minuten von hier. Aber an den Wochenenden ist er bei seiner Frau im Haus am Stadtrand. Wir fahren nach Tarabya.«

Francesca betätigte den Fensterheber, ließ die getönte Scheibe eine Handbreit herunterfahren und genoss den Fahrtwind, der ihre Übelkeit verscheuchte. Sie betrachtete die Pinien auf den Hängen von Bebek, die Häuser und Menschen entlang der Strecke, als würde sie bereits Abschied nehmen.

Erst als der Fahrer in eine von Zypressen gesäumte Einfahrt einbog, dachte sie wieder daran, dass dieser Abend für sie ein schwieriger werden konnte.

Hinter dem modernen Bungalow, das ließ die Aussicht erahnen, fiel der Hang steil ab. Francesca stieg aus und sah eine Frau, die ihr durch den gläsernen Eingangsbereich entgegenkam. Sie hatte eine schmale Statur und trug eines der Kleider aus Francescas aktueller Sommerkollektion.

»Francesca Corrado«, stellte sie sich vor.

»Nennen Sie mich Meltem«, sagte Altays Frau zur Begrüßung und lächelte.

»Sie sehen wunderbar aus«, sagte Francesca, die Meltem auf Mitte fünfzig schätzte.

Das nachtblaue, bodenlange Seidenkleid mit schmaler Taille war wie für Altays Frau gemacht. Der Stoff war mit feinen, aber unregelmäßig dicken Goldfäden durchwirkt, die die natürliche Knötchenstruktur der Seide nachahmten. Hasan hatte mehrere Anläufe in seiner Weberei gebraucht, bis das Ergebnis Francescas hohen Ansprüchen genügt hatte.

»Dank Ihnen«, erwiderte Meltem. »Bitte kommen Sie herein.«

Meltems schwarzes Haar schien mit dem dunklen Stoff auf ihrem Rücken zu verschmelzen, als Francesca ihr durch den Eingangsbereich in ein großzügiges Wohnzimmer folgte. Der Raum war in drei großen Podesten absteigend aufgebaut. Die Bauweise schmiegte sich an den Hang und gab den Blick auf die tiefer liegende Bucht frei. Das unterste der drei Podeste ging lediglich getrennt durch eine Glaswand in den Außenbereich mit Pool über. Die Panoramascheibe ließ das weiche Abendlicht ein.

»Sie wohnen wunderschön«, stellte Francesca fest. Sie hatte Altay unterschätzt.

Meltem lächelte. »Ich lebe lieber hier als in der Stadt. Altay braucht die kurzen Wege. Ich brauche die Luft.«

Der lange Esstisch auf der Terrasse war ebenfalls in Nachtblau eingedeckt. Die schillernde Tischdecke wehte sacht im Wind. Das Besteck und die Glasränder waren in Gold gehalten. Francesca fragte sich, ob es Zufall oder Teil einer Inszenierung war. Erst bei diesem Gedanken fiel ihr auf, dass der Tisch lediglich für zwei Personen gedeckt war.

»Wird Altay nicht mit uns essen?«, fragte sie.

»Er wollte, dass wir uns kennenlernen.« Meltem reichte ihr ein Glas mit Granatapfelsaft. »Setzen Sie sich.«

»Hat Altay Ihnen das Kleid geschenkt? Er hätte es direkt bei mir bestellen können.« Francesca wagte ob der Kulisse nicht zu sagen, dass sie ihm selbstverständlich preislich entgegengekommen wäre. Meltem trug eines der beiden teuersten Kleider aus der letzten Saison.

»Nein, nein, es war ein Lustkauf. Ich habe es auf einer Reise mit einer guten Freundin in Mailand entdeckt und konnte nicht widerstehen. *Kerttu*, habe ich gesagt, *die Stoffe für diese schönen Kleider liefert mein Altay.*«

»Kerttu Frederiksson?«, fragte Francesca.

»Kennen Sie sie?«

»Ja, ich meine … nicht persönlich … also nein«, stotterte Francesca.

»Wir haben zusammen in Cambridge studiert. Sie dreht gerade einen Film in Mexico City. Mit Scarlett Johansson, wenn ich richtig informiert bin. Dass sie das Talent zum Schauspiel hat, konnte man damals schon in den Vorführungen am Universitätstheater sehen.«

Francesca nickte anerkennend und nahm einen großen Schluck von dem Granatapfelsaft.

»Sie sind sicher hungrig.«

»Um ehrlich zu sein, nicht so sehr«, sagte Francesca.

»Die Hitze?«, fragte Meltem und hob eine gläserne Glocke an, unter der Vorspeisen auf einem großen Teller angerichtet waren.

»Nein, das ist es nicht. In Rom war es auch sehr heiß, als ich losgeflogen bin.«

»Sie sind nicht mehr so gerne hier wie früher?

Die allgemeine Lage verschlägt Ihnen den Appetit«, vermutete Meltem. Sie lüpfte die Serviette in einem Körbchen und stellte es zwischen sie. Die kleinen Fladenbrote dufteten wunderbar, doch Francescas Magen reagierte mit Unbehagen.

»Vielleicht. Altay hat mir die Lager mit der stornierten Ware gezeigt«, sagte sie.

Meltem nickte, stützte die schlanken Ellenbogen auf die Tischplatte und faltete die Hände.

»Lassen Sie uns ehrlich reden. Von Frau zu Frau.«

»In Ordnung.« Francesca zuckte mit den Schultern und stellte ihr Glas auf einem goldenen Untersetzer ab.

»Welche Möglichkeiten haben Sie für die Produktion? China, Japan, Indien, Brasilien. Das sind die ganz Großen auf diesem Markt. Danach kommen Thailand, Kambodscha und Vietnam.« Meltem sah sie bei ihrer Aufzählung gebannt an, als erwartete sie eine Reaktion, ein Zucken, einen unbedachten Wimpernschlag. »Usbekistan, Iran, Ägypten, Libanon und die Türkei.« Sie hielt inne. »Man könnte auch in Spanien produzieren. Die Möglichkeiten scheinen unbegrenzt zu sein. Warum also sollten Sie hier bei uns bleiben?«

Francesca glaubte zu verstehen, worauf Meltem hinauswollte.

»Das sind alles fremde Länder für mich, für Davide und mich. Hier in der Türkei habe ich Kontakte. Alles läuft. Alles ist eingespielt.«

Meltem schüttelte heftig den Kopf und ließ die goldenen Ohrringe klingen.

»Verzeihen Sie, wenn ich so offen bin. Aber bei allem, was Sie gerade gesagt haben, geht es nur um Sie und Ihren Komfort.«

»Worum geht es Ihrer Meinung nach?«, wollte Francesca wissen.

Meltem nahm eines der Brote und riss es in der Mitte durch. »Wissen Sie, was eine Hälfte mit den Menschen macht?«

Francesca schüttelte den Kopf.

»Eine Hälfte lähmt die Gesellschaft. Fünfzig zu fünfzig, das ist kein Gleichgewicht, sondern Stillstand. Fünfzig Prozent der Menschen meines Landes glauben, was Sie und ich glauben, dass die Türkei zu Europa gehört. Altay, unsere Freunde und Geschäftspartner, die gute Beziehungen zum europäischen Ausland pflegen, sind in einer der beiden Hälften gefangen. Wissen Sie, was es da braucht?«

»Hilfe von außen?«, sagte Francesca zaghaft.

»Richtig. Es braucht Unterstützer. Mein Land braucht Menschen, Unternehmen, die davon ausgehen, dass die Hälfte von einem Ganzen ausreicht, um fortzufahren, sich nicht abzuwenden.«

Francesca nickte, während Meltem eine der Brothälften auf ihren Teller legte.

»Wenden Sie sich nicht ab wie von einem ungehorsamen Kind, seien Sie nicht beleidigt, dass Ihre Erwartungen nicht erfüllt wurden«, sagte Meltem mit gedämpfter Stimme und legte das überschüssige Brot zurück in den Korb.

»Wie erkläre ich meinen Kunden, dass ich in der Türkei produziere?«, wollte Francesca wissen. »Ich weise die Produktionsstätten meiner Stoffe auf den Etiketten aus. Es gab bereits Nachfragen. Die Kunden, die meine Kleider kaufen, sind gebildet und im Zweifelsfall sogar politisch engagiert.«

»Machen Sie aus der Not eine Tugend«, sagte Meltem und hob die schmalen dunklen Augenbrauen.

»Ich verstehe nicht.«

»Stehen Sie öffentlich zu einer mutigen Entscheidung. Vertreten Sie diese aktiv, progressiv.«

»Ich bin nicht sicher, ob ich das kann«, gab Francesca zu.

Meltem lächelte, biss ein Stück vom Brot ab, kaute langsam und trank einen Schluck. Bedächtig stellte sie das Glas ab und sah Francesca an. »Was bedeutet Ihnen Europa? Altay sagte, Sie hätten in Paris studiert.«

»Das stimmt«, sagte Francesca und ließ sich von der gegrillten Paprika auftun.

»Und haben Sie nicht mit Davide einige Jahre in London gelebt?«

»Sie haben recht.« Francesca lächelte schwach. »Für uns ist es selbstverständlich, dass wir uns frei bewegen können. Wir können leben, wo und wie wir wollen.«

»Gut«, sagte Meltem. »Ermöglichen Sie das der

Hälfte eines Landes, die genau das für ihr eigenes Leben ebenfalls wünscht.«

Francesca nahm einen Bissen und kaute langsam. »Ich bin nicht sicher, dass ich irgendeinen Einfluss habe.«

»Oh doch, den haben Sie. Ihre Marke hat ihn. Erinnern Sie sich an die Plakate der Firma *Benetton* in den Neunzigerjahren?«

»Natürlich.« Weltweit waren sie Gesprächsthema gewesen. Das Foto dreier identischer menschlicher Herzen. Darauf jeweils ein Wort in Druckbuchstaben: WHITE, BLACK, YELLOW.

Ein Protest gegen die Diskriminierung von Menschen anderer Hautfarbe, anderer Herkunft. Oder vielleicht doch nur ein genialer und makabrer Werbetrick, der Schrei nach Aufmerksamkeit. Heute bestand die Verantwortung der Bekleidungsindustrie vor allem darin, Produktionsländer kenntlich zu machen und die Arbeitsbedingungen der dortigen Beschäftigten zu optimieren. Eine Verantwortlichkeitserklärung für die politischen Gegebenheiten im Produktionsland gab es bisher nicht wirklich.

»Kleidung hat für türkische Frauen eine politische Dimension. Junge Frauen demonstrieren heute, weil sie angefeindet werden, wenn sie Shorts tragen. Andere werden angefeindet, weil sie Kopftuch tragen. Mode ist Politik, wir müssen sie nicht erst dazu machen«, erklärte Meltem und tat sich und Francesca von den gefüllten Zucchini auf.

Francesca hatte Fotos der Demonstrationen in italienischen Tageszeitungen gesehen. Die jungen Frauen hielten ihre Shorts wie beschriftete Banner hoch. Ein Kleidungsstück konnte eine Aussage sein. Der Kleiderbügel war zum Markenzeichen der Bewegung geworden. *Misch dich nicht in meinen Kleidungsstil ein*, so der Slogan.

»Altay hat so viele Kunden weltweit. Darunter viele Marken mit mehr Einfluss. Warum sprechen Sie ausgerechnet mit mir?«, wollte Francesca wissen.

»Altay hat viel von Ihnen erzählt, als Sie und Davide angefangen haben, in der Türkei nach Zulieferern zu suchen. Was Sie unterscheidet, ist das Interesse für die Menschen hinter den Produkten.«

»Altay überschätzt uns«, sagte Francesca und betrachtete ihre Hände, die das zierliche Besteck hielten. Im Gegensatz zu Meltems Händen, an denen gleich mehrere schlichte Goldringe steckten, waren ihre Finger unberingt. Davide war mit ihr bisher keine Verbindlichkeit eingegangen. Er würde schon morgen wieder im Büro von Do Thien sitzen und die vertraglichen Rahmenbedingungen aushandeln. Er wollte ihr Leben in einer Weise verändern, die Francesca in diesem Augenblick unmöglich erschien.

»Außerdem sind Sie eine Frau«, sagte Meltem unvermittelt. Erst als Francesca ihren Blick erwiderte, lächelte Meltem.

»In vielen Branchen wird das nicht gerade als Vorzug betrachtet«, sagte Francesca.

»Betrachten Sie es als Vorzug für Ihr gesamtes Leben. Das verleiht Ihnen eine ungemeine Macht.«

Francesca nickte und griff nach der Brothälfte, die Meltem ihr reichte.

Nach dem Essen fuhr der Fahrer, der vor der Tür gewartet haben musste, Francesca zurück in die Innenstadt. Altay hatte sich nicht mehr blicken lassen, anscheinend vertraute er ganz und gar auf die Überzeugungskraft seiner Frau. Im klimatisierten Wagen hatte sich Francescas aufgewühlter Geist wieder beruhigt. Zurück in ihrem Zimmer rief sie Davide an. Sie erwähnte das Gespräch zwischen ihr und Meltem mit keinem Wort. Meltem hatte Altay außen vor gelassen, und so würde auch sie es mit Davide machen.

»Davide«, sagte sie am Telefon. »Flieg zurück, flieg nach Rom!«

»Aber warum, hier läuft alles ganz wunderbar.«

»Ich will an der Türkei festhalten«, sagte sie knapp.

»So?« Davide klang enttäuscht. »Aber warum?«

»Kannst du dich noch an die beiden Autofahrer gestern Nachmittag erinnern?«

»Die sich in der Gasse festgefahren hatten?«, vergewisserte er sich.

»Genau die. Du hast das Ende nicht mitbekommen.«

»Was hat das mit unserer Situation zu tun?«

»Warte, bis ich es dir erzählt habe.« Francesca setzte sich auf einen Stuhl am Fenster und sah hinaus auf die nächtlich beleuchtete Straße. »Der Fahrer des Sportwagens hat als Erstes den Motor abgestellt. Daraufhin hat auch der Lastwagenfahrer den Zündschlüssel gezogen.«

»Du hast nicht erwähnt, wer von beiden im Recht war«, sagte Davide.

»Der Richtung der Einbahnstraße nach war der Fahrer des Sportwagens im Recht«, erklärte Francesca.

»Der Lastwagen hätte also zurücksetzen müssen«, vermutete Davide.

»Im Prinzip schon, aber der Sportwagen stand so vor einer Einfahrt, dass er ohne Probleme hätte wenden können. Er hat nur aus Trotz gegengehalten.«

»Wie haben die beiden das Problem gelöst?«, fragte er und klang müde.

»Gar nicht. Die Rezeptionistin ist rausgegangen, wahrscheinlich war sie das Hupen leid, oder es gab schon Beschwerden von Hotelgästen. Jedenfalls ist sie hingegangen, hat mit beiden geredet, und nach wenigen Minuten war die Situation aufgelöst.«

»Wer von beiden hat seinen Wagen letztendlich zurückgesetzt?«, wollte Davide wissen.

»Ich weiß es nicht«, sagte Francesca. Sie hatte es verpasst, weil sie erneut über der Toilettenschüssel gehangen hatte. Als sie erschöpft und etwas schwindelig aus dem Bad gewankt war, waren beide verschwunden gewesen.

Auch sie und Davide standen sich mit zwei unterschiedlichen Standpunkten gegenüber. Sie wollte ihn auf halber Strecke treffen, ihn abholen und mitnehmen auf ihre Seite.

»Treffen wir uns in Rom«, sagte sie deshalb. »Bald. Ich bin schwanger.«

BARAN

hatte den Geschmack von salzigem Kaffee auf der Zunge. Seine Erinnerung an die Zeremonie, in der er das ungenießbare Getränk hatte trinken müssen, ohne dabei das Gesicht zu verziehen, war so nah, dass er glaubte, auch Nilays Parfum riechen zu können. Dabei war es eineinhalb Jahre her, dass er offiziell um ihre Hand angehalten hatte.

Baran sah aus dem Fenster. Tief unter ihm lag der Schuttplatz. Bulut lehnte mit verschränkten Armen am Jeep und sah sich um, als würde er Wache schieben.

Auch wenn die Sonne noch so hoch stand, dass sie ihn nicht blenden konnte, zog Baran die Gardine zu. Er wollte allein sein, ein letztes Mal allein mit Nilay.

Baran schloss die Augen, atmete tief ein, erst dann erlaubte er sich einen Blick auf ihre Sachen. Das Poster eines Saz-Konzerts im Atatürk-Kulturzentrum hing über dem Bett, eine Ledertasche, die so abgewetzt aussah, dass Nilay sie in ihrem kurzen Leben unmöglich selbst abgetragen haben konnte, hing über dem Bettpfosten. Baran öffnete sie behutsam.

Neugierde war ein Charakterzug, den er bisher nicht an sich gekannt hatte, und er zögerte kurz, schämte sich sogar ein wenig, in ihren Sachen zu wühlen. Doch Nilay würde ihn nicht mehr zurechtweisen können. Seine Neugier galt der Vergangenheit, galt einer Frau, in die er sich verliebt hatte, als es eigentlich schon zu spät gewesen war. Es kam ihm so vor, als hätten sie das alles nur gespielt, sich selbst nicht ernst genug genommen. Oder er hatte nicht begriffen, wie sie zu den Dingen stand, dass sie eine starke Meinung vertrat, eine, die ihr Leben und somit auch seines bestimmen konnte. Baran musste sich eingestehen, dass er kaum etwas über Nilay wusste.

Er griff in die Ledertasche und fand sie leer vor. Auch Nilays Schreibtisch wirkte auf eine vernichtende Art und Weise aufgeräumt, geradezu gesäubert. Adil hatte kurz nach dem Verschwinden der Schwester einen Verdacht geschöpft und all ihre Aufzeichnungen in Sicherheit gebracht.

Baran setzte sich auf Nilays Schreibtischstuhl und wischte über die makellose Platte. Nicht einmal Staub blieb an seinen Fingern haften.

Knapp zwei Jahre war es her, dass Nilay hier gesessen hatte, als Baran seinen Urlaub zu Hause in Istanbul verbrachte und zu Besuch gekommen war. Vor einem Konzertbesuch hatte Bulut ihn mit zu Adil genommen, weil der Club, in dem die Heavy-Metal-Band Karanlık spielte, in seinem Viertel lag. Baran hatte Nilay durch ihre geöffnete Zimmertür gesehen, wie sie am Schreibtisch saß. Ihr langes dunkelbraunes Haar war zu einem Zopf geflochten, der schwer zwischen ihren Schulterblättern lag. Sie hatte sich von dem Tumult, den Bulut und Adil bei jedem Wiedersehen veranstalteten, nicht ablenken lassen, hatte konzentriert auf den Bildschirm ihres Laptops geblickt.

»Was machst du da?«, hatte Baran durch die geöffnete Zimmertür gefragt, als Bulut und Adil laut lachend in der Küche verschwunden waren.

Nilay hatte sich umgedreht, jedoch nicht ganz, als wollte sie den Bildschirm nicht seinem Blick freigeben.

»Wonach sieht es aus?«

»Du schreibst?«, vermutete Baran.

Nilay wandte sich wieder ihrem Computer zu und nickte, dabei hob und senkte sich der geflochtene Zopf zwischen ihren Schulterblättern.

»Worum geht es?«, wollte er wissen.

»Um Tiere.«

Baran lächelte. »Hat Bulut dir von unserer Katze erzählt?«

»Barış?«, sagte Nilay.

»Ja«, sagte Baran, »der Kater ist ziemlich frech, glaubt, ihm gehöre die ganze Wohnung.«

»Ihr lasst ihn nicht raus, wie soll er da etwas anderes denken? Für ihn ist die Welt nur so groß wie eure zwei winzigen Zimmer.«

»Du hast recht«, sagte Baran, »aber Bulut hat Angst, dass er wegläuft.«

»Bulut hat Angst?«

»Du weißt, wie ich das meine.«

Nilay klappte den Laptop zu und drehte sich auf

dem Bürostuhl um die eigene Achse. »Wie meinst du es denn?«

»Bulut hängt an ihm.«

Nilay nickte. »Sprache ist missverständlich. Man muss sehr genau aufpassen, was man sagt.«

»Kommst du mit?«, hatte Baran gefragt. »Zu dem Konzert, meine ich?«

»Ich habe noch zu tun.«

Den gesamten Abend konnte Baran an nichts anderes denken als an Nilay, daran, wie sie bei gedämpftem Licht am Schreibtisch saß, und an ihre Finger, die über die Tastatur flogen. Er wollte wissen, was in ihrem Kopf vor sich ging.

Als Bulut am nächsten Morgen noch mit Kopfschmerzen im Bett lag, zog Baran einen großformatigen Umschlag aus ihrem gemeinsamen Briefkasten.

Für Barış

stand darauf geschrieben. Baran lächelte und wusste sofort, von wem er war und dass er für ihn bestimmt war. In dem Umschlag fand er die beiden ersten Kapitel von dem Manuskript, an dem Nilay schrieb. Nur wenige Wochen später hielt er um ihre Hand an. Sie nahm ihn, das war ihm heute klar, weil er akzeptiert hatte, was sie tat. Er nahm sie mit dem, was sie tat, oder vielleicht sogar deswegen. Baran hatte sich in jeglicher Hinsicht auf dieses heikle Spiel eingelassen.

Sie verbrachten die Nachmittage miteinander, bevor Barans Urlaub endete. Und auch wenn meistens Bulut und Adil in der Nähe waren, hatte Baran nur Ohren für Nilay. Wenn sie sprach, war er still, um alles mitzubekommen, was sie sagte. Nilay sprach stets leise und mit Bedacht. Baran hatte jeden ihrer Sätze als wahr empfunden und darin eine Bestätigung gesehen, dass sie sich einig waren, in Bezug auf die Welt und ihre gemeinsame Zukunft in ihr. Wenn sie etwas nicht wusste, schwieg sie, darin war sie Baran ähnlich.

Am Tag von Nilays Verschwinden war Baran bereits wieder in Sarıgerme und arbeitete im Büro des Hotels. Die Nachrichten über den Putschversuch hielten ihn und seine Kollegen in Atem. Es galt Urlauber zu beruhigen und verfrühte Abreisen zu organisieren. Mitten in diesem Chaos erreichte ihn der Anruf. Adil hatte seine Nummer gewählt, um sicherzugehen, dass Nilay nicht einfach aus Sehnsucht zu ihm gefahren war. Baran hatte sich daraufhin einen ausrangierten Hoteljeep geliehen und war unter Missachtung der Ausgangssperre nachts zurück nach Istanbul gefahren. Als er am frühen Morgen vor dem Haus, in dem Nilays Eltern wohnten, ankam, wartete Adil bereits auf ihn.

Baran, der ruhige, bedachte Baran, stürzte aus dem Wagen auf Adil zu und schrie ihn an. »Warum hast du sie allein gehen lassen? Warum hast du nicht auf sie aufgepasst?«

»Wo warst du, als sie verschwunden ist?«, brüllte Adil und obwohl er einen Schritt nach hinten machte, verstand Baran es als Aufforderung und ging auf ihn los. Sie rangen miteinander, als gälte es, Nilay an sich zu reißen, sie dem anderen wegzunehmen. Als sie verkeilt am Boden lagen, begann Baran zu schluchzen, und Adil ließ ihn los.

Wenige Tage später liefen sie gemeinsam mit Bulut durch die Straßen Istanbuls und zeigten jedem, den sie greifen konnten, ein Foto von Nilay. Doch es war, als hätte die Stadt sie verschluckt, als hätten alle Einwohner gleichzeitig die Augen verschlossen.

Kurz darauf hatten Nilays Eltern die Stadt verlassen. Die Wohnung der Familie lag seither abends im Dunkeln. Nur Adil hauste noch dort und die Nachbarn mieden ihn.

Das Mobiltelefon in Barans Hosentasche wurde zum wichtigsten Gegenstand. Nicht einen Anruf hatte er im vergangenen Jahr in Gelassenheit entgegengenommen. Jedes Klingeln trieb seinen Puls an, ließ ihn hoffen.

Anders als Adil hatte Baran nicht die Kraft aufbringen können, voll und ganz auf Nilay zu vertrauen, ihr Verschwinden gänzlich einer unbekannten Macht zuzuschreiben. Erst als Nilays Tod unabänderlich feststand, hatte er eingesehen, dass nicht sie ihn verlassen hatte, dass sie nicht freiwillig gegangen war. Erst mit der Nachricht von ihrem Tod hatte Baran sie freisprechen können von jeglicher Verantwortlichkeit für ihn.

Die Verantwortung, die er bereit gewesen war, für sie zu übernehmen, bestand darin, das mitzutragen, worin ihr Leben bestand. Doch von alldem war nichts mehr übrig.

In schneller Folge zog Baran die Schubladen des Schreibtisches auf und fand sie ebenfalls leer vor.

Er stand auf und sah sich um. Über einem Stuhl hing eine zerknitterte Bluse, niemand hatte gewagt, sie in den Schrank zu hängen. All die Dinge, die ihren Alltag ausgemacht hatten, lagen unvollendet da. Nur das Manuskript war fertig. Es war alles, was sie ihm hinterlassen hatte.

Baran zog erst die Zimmertür und dann die Wohnungstür hinter sich zu. Ein letztes Mal ging er die Stufen der vier Stockwerke hinunter. Als er um die Häuserecke bog, nickte Bulut ihm zu. Sie mussten nicht reden, die Aufgabe, die sie mit Nilays Erbe auf sich geladen hatten, war unbestreitbar.

MARIANNE

stand an der geöffneten Terrassentür und sah hinaus auf die Rosen, die ihre schweren Blütenköpfe hängen ließen. Sie langweilte sich. Der Garten war gemacht, alle welken Blüten abgeschnitten, der Rasen gemäht, die Hecke gestutzt, das Gemüsestück umgegraben. Sie vermisste Ingrid, die sonst samstags immer vorbeischaute. Marianne sehnte sich nach den Stunden, die sie mit ihrer Freundin auf der Terrasse im Schatten verbrachte, und auch nach den gemeinsamen Marktbesuchen. Ingrid kochte stets ausgefallen und wusste, was aktuell Saison hatte, *was Trend war*, wie sie selbst sagte. Marianne musste nur mitgehen und sich alles erklären lassen. Ingrid ging immer voraus, probierte hier und wechselte dort ein paar Worte. Sie hatte keine Scheu. Das mochte Marianne an ihr.

Seitdem Mariannes Mann vor drei Jahren verstorben war, erschien ihr das Haus größer und sie selbst sich darin kleiner. Auch Ingrid war seit zwei Jahren allein. Doch sie, so erschien es Marianne, hatte ihre einstige Größe und Präsenz beibehalten, hatte nicht ein Stück von sich selbst ihrem Mann hinterhergeschickt. Auch ihre Gewohnheiten hatte sie bewahrt. Ingrid war mit ihrem Ehemann stets viel gereist, und sie tat es weiterhin, allein. Ein- oder zweimal hatte sie versucht, Marianne zu einer Reise in die Türkei zu überreden. Ingrid hatte Fotos von einer weißen Villa in den Bergen gezeigt.

»Das ist nichts für mich«, sagte sie und begründete ihre Absage mit dem langen Flug.

»Du Angsthase«, hatte Ingrid gesagt.

Recht hatte sie gehabt. Angst hatte Marianne ständig, seitdem Horst tot war. Sie fühlte sich unsicher bei jedem Schritt ohne ihn, fürchtete, allein falsche Entscheidungen zu treffen. Alles, wirklich alles hatte sie früher mit Horst besprochen, jede Kleinigkeit bis ins Letzte gemeinsam mit ihm durchdacht. Sie waren ein gutes Team gewesen, das hatte Ingrid nach Horsts Tod gesagt. Dieses Gefühl, zu einem Team zu gehören, hatte sie nur noch, wenn Ingrid da war, einmal die Woche. Nun war sie für sechs Wochen verreist, wie jeden Sommer.

Morgen stand Mariannes neunundsechzigster Geburtstag an, für sie ein Tag wie jeder andere, den sie allein verbringen würde. Sicher würde es ein paar Anrufe von Verwandten geben, von ihrer Schwester aus Süddeutschland und von den Damen aus dem Chor. Aber feiern wollte sie nicht.

Seitdem Ingrid weg war, zwei Wochen erst, passierte rein gar nichts mehr. Marianne kam es vor wie eine Ewigkeit. Allein ging sie nicht mal auf den Markt. Lediglich der Garten war ihr geblieben, eine Aufgabe, die keine Gesellschaft erforderte. Vor wenigen Tagen hatte ein Sommergewitter mit Starkregen die Kartoffelpflanzen im Gemüsestück flach gelegt und unbrauchbar gemacht. Marianne hatte sie am nächsten Morgen rausgerissen und dabei das aufgewühlte Feld und die ausfallende Ernte als persönliche Niederlage wahrgenommen.

Marianne nahm ihre Tasse und ging in die Küche, um sich Tee nachzuschenken. Aus dem Küchenfenster konnte sie das Haus auf der anderen Straßenseite sehen. Es war ein Neubau, der erst vor wenigen Wochen fertiggestellt worden war. Heute war es ruhig dort drüben. Doch an manchen Tagen, seit dem Einzug der neuen Nachbarn, hatte Marianne stundenlanges Gebell ertragen müssen. Die Neuankömmlinge hatten drei mächtige Hütehunde mitgebracht, die um das freistehende Haus Wache zu laufen schienen. Marianne stellte sich auf die Zehenspitzen, um bis ans Ende des umzäunten Grundstücks sehen zu können. Sie machte einen riesigen wolligen Körper im hinteren Teil des Gartens aus. Unbeweglich lag er vor der Hecke im Schatten.

Udo, der am Ende der Straße wohnte und hier oft mit seiner Französischen Bulldogge spazieren ging, hatte ihr erzählt, dass es sich um Anatolische Hütehunde handelte. Tagsüber patrouillierten die drei Hunde am hohen Zaun, der direkt am Gehweg entlangführte. Jeder kleinere Hund, und das war praktisch jeder Hund aus dem Viertel, wurde von ihnen ausgebellt. Tief und rollend klangen ihre Stimmen zwischen den Häusern nach. Wenn um sechs Uhr am Abend die Kirchenglocke zum großen Geläut erklang, heulten die Hunde ähnlich wie Wölfe.

Nur wenn die Nachbarstochter den Hof querte, ein Mädchen von vielleicht sieben Jahren mit langen schwarzen Locken, sahen die mächtigen Hunde aus wie Schafe. Dann winselten sie höchstens und suchten die Nähe der Kleinen, die gerade so groß war, dass sie beide Arme um den Hals des größten der drei Hunde legen konnte. Als Marianne das zum ersten Mal beobachtete, blieb ihr fast das Herz stehen. Doch nichts passierte. Der Hütehund ließ sich drücken wie ein Plüschtier, und seine beiden Kumpanen schmiegten sich an das Mädchen, duckten sich und hechelten um ihre Gunst.

Am Nachmittag fuhr das Mädchen auf dem Grundstück manchmal mit einem kleinen rosafarbenen Fahrrad. Dann wehten ihre schwarzen Locken im Fahrtwind. Einer der Hunde lief dann voraus, zwei ihr hinterher. Zu viert umrundeten sie ein ums andere Mal das Haus. Dabei sang das Mädchen einen Schlager, den Marianne aus dem Radio kannte. *Hey, das geht ab, wir feiern die ganze Nacht, die ganze Nacht.*

Am frühen Abend rief stets die Mutter aus dem ersten Stock des Hauses. *Nazan, Nazan, es wird Zeit.* Dann ließ das Mädchen das Fahrrad an Ort und Stelle fallen, verabschiedete sich von seinen Spielgefährten und verschwand.

Marianne nahm einen Schluck Tee und sah in den Himmel, wo ein Schwarm Vögel laut schreiend ihre Aufmerksamkeit auf sich zog.

Lärmend verschwand der Schwarm über das Dach ihres Hauses. Schnell querte Marianne das Erdgeschoss und sah von der Terrasse aus, dass es Dohlen waren, die über dem Rasenstück kreisten. So viele Dohlen hatte sie noch nie auf einmal gesehen. Drei oder vier kamen häufiger in ihren Garten, stolzierten durch die Beete, als hätte Marianne all die Arbeit nur für sie gemacht. Sie mochte die klugen Vögel, doch der Anblick so vieler von ihnen hatte etwas Bedrohliches. Instinktiv trat Marianne einen Schritt zurück ins Wohnzimmer. Aus sicherer Entfernung konnte sie einen großen braunen Raubvogel erkennen, der vor der Zierkirsche auf dem Boden saß und etwas in den Klauen hielt. Die Dohlen zogen ihre Kreise enger und gingen den Raubvogel an, der vielleicht viermal so groß war wie jede von ihnen. Unter wiederholten Attacken gab der Raubvogel auf, ließ seine Beute los und flog davon. Drei Dohlen folgten ihm. Auf dem Rasen unter der Zierkirsche lag bewegungslos sein Fang. Eine der Dohlen war zurückgeblieben, näherte sich, hüpfte um das schwarze Bündel, stupste es an, dann flog auch sie davon.

Marianne trat hinaus auf die Terrasse, sah an den Himmel und schüttelte den Kopf. Die Dohlen mussten ihresgleichen aus der gesamten Nachbarschaft zusammengetrommelt haben. Marianne staunte über ihren Zusammenhalt. Sie betrat den Rasen und sah nach dem Opfer. Es war eine junge Dohle, dem Gefieder nach ein Jungvogel, kleiner als ein ausgewachsenes Tier. Der Vogel regte sich nicht mehr.

Marianne holte Kehrblech und Feger aus dem Keller und schubste das leblose Tier auf die Schaufel. Gerade als sie den kleinen Körper in den Kompost unter dem Holunder fallen lassen wollte, hörte sie eine Stimme.

»Halt, stopp!«

Marianne drehte sich mit dem Kehrblech in der Hand um. Das kleine Nachbarsmädchen stand am Zaun, auf dem Gehweg lag ihr rosafarbenes Fahrrad wie in voller Fahrt fallen gelassen. Schnell öffnete das Mädchen das Gartentor und rannte auf Marianne zu. Unschlüssig, ob ihr einer der Hunde folgen würde, sah Marianne zum Tor und zur dahinterliegenden Straße.

»Du musst den Vogel beerdigen«, sagte Nazan und sah zu ihr auf.

Marianne musterte sie. Die Prinzessin auf ihrem T-Shirt trug ein hellblaues Ballkleid, Nazans Füße steckten in weißen Rüschensöckchen und cremefarbenen Sandalen. Ihre schwarzen Locken glänzten in der Sonne.

»Ich wollte ihn im Kompost beerdigen«, erklärte Marianne, als spräche sie mit Ingrid, und hielt die Schaufel so, dass das Mädchen das Blut nicht sah.

»Nein, richtig«, forderte Nazan.

»Wo denn?«, fragte Marianne.

Nazan sah sich um und lief hinüber zu dem Rosenbogen, unter dem nun der Ziersalbei blühte.

»Hier«, sagte sie. »Hier ist es schön.«

Marianne nickte und folgte dem Mädchen. Behutsam legte sie das Kehrblech mit dem Vogel vor dem Beet ab. Dabei beobachtete sie das Kind, dem der Anblick nichts auszumachen schien. Der Boden war vom Jäten aufgelockert, schnell hatte Marianne mit den Händen ein Loch gegraben und wischte sich die Finger an der Hose ab.

»Jetzt verabschieden wir uns«, sagte Nazan.

Marianne nahm das Kehrblech und ließ den Vogel in das Loch gleiten.

»So?«, vergewisserte sie sich.

Nazan nickte.

Marianne schob die überschüssige Erde zurück in das Loch und bedeckte den Körper.

»Jetzt musst du was Schönes sagen«, forderte das Mädchen.

Marianne richtete sich auf, legte die Hände vor dem Bauch ineinander, als wollte sie beten, und überlegte.

»Er war ein guter Vogel«, sagte sie.

»Es war ein Mädchen«, protestierte Nazan.

Marianne ließ die Hände sinken. »Woher weißt du das? Dohlen sehen alle gleich aus.«

»Sie hatte so schöne Augen.«

»In Ordnung.« Marianne fand sich wieder in Gebetsposition ein.

»*Sie* war ein guter Vogel.«

»Sie sollte einen Namen haben«, forderte Nazan.

»Welchen?«, fragte Marianne.

»Fatma.«

»Fatma?«, vergewisserte sich Marianne.

Nazan nickte und betrachtete den kleinen Hügel in Mariannes Beet. »Meine Großmutter hieß Fatma, und sie ist auch schon tot.«

Marianne atmete tief ein und versuchte, ihre Sache gut zu machen.

»Fatma war ein guter und besonders schöner Vogel.«

Das Mädchen seufzte und ließ die Schultern hängen.

»Und jetzt?«, fragte Marianne leise.

»Jetzt sind wir traurig«, flüsterte die Kleine.

Unbeweglich standen beide da. Aus dem Augenwinkel konnte Marianne sehen, dass Nazan die Augen geschlossen hatte und konzentriert atmete. Bei Horsts Beerdigung hatte Ingrid, die ihren Mann nur ein Jahr später verlieren sollte, ihre Hand gehalten. Marianne konnte sich an kaum ein Detail der Trauerfeier erinnern, nicht an den Blumenschmuck, nicht an die Trauerrede der Pastorin, nicht daran, was es anschließend zu essen gegeben hatte. Nur Ingrids Hand, die ihre umschloss, dieses Gefühl war geblieben.

»Jetzt können wir uns wieder freuen«, sagte Nazan plötzlich.

»So schnell?«, vergewisserte sich Marianne.

»Fatma ist jetzt an einem Ort, wo es schöner ist als hier.«

So hatte Marianne das nie gesehen. Für sie war Horst ins Nichts verschwunden, hatte sich aufgelöst, existierte an keinem anderen Ort. Er war einfach fort und fehlte ihr unendlich.

»Welcher Ort ist denn besser als dieser?«, fragte sie deshalb.

Das Mädchen zog die Schultern zu den Ohren und ließ sie ruckartig wieder fallen. »Ich bin gerne im Freibad. Vielleicht ist es dort, wo Fatma jetzt ist, so ähnlich.«

»Vielleicht«, sagte Marianne und dachte an Horst.

Nazan sah sich um. »Was machst du hier den ganzen Tag so alleine?«

»Nun.« Marianne überlegte. »Ich habe eine Freundin, aber sie kommt im Augenblick nicht.«

»Habt ihr euch gestritten?«, wollte Nazan wissen.

»Nein, sie ist verreist, sehr lange verreist«, sagte Marianne.

Nazan nickte und griff nach ihrer Hand. »Dann komme ich morgen wieder.«

INGRID

hatte es sich anders vorgestellt. Sie stand am Strand und sah hinaus auf das Meer, hin zum Horizont, der als harte Linie den Himmel durchschnitt. Das, was sie zu sehen gehofft hatte, lag hinter der Kimm. Seit zwei Wochen war sie nun hier, und ausgerechnet die Erdkrümmung versagte ihr den Blick auf die Türkei. Als ob es nicht schon schlimm genug wäre, dass sie nicht dort sein konnte. Seit fünfzehn Jahren war sie jedes Jahr in der Provinz Mersin, verbrachte sechs Wochen an der Mittelmeerküste, jedes Jahr, bis auf dieses.

»Dann bleib doch hier«, hatte Marianne gesagt, als sie ihr, die keine Zeitung las und kaum je Nachrichten sah, weil sie ihr zu aufreibend waren, von den Entwicklungen in der Türkei erzählt hatte.

Dass sie sich fürchtete, als Deutsche in ihr übliches Zimmer in der Villa in den Bergen zu ziehen, in der sie sich all die Jahre so sicher und so sehr am Leben gefühlt hatte, wagte sie nicht zu sagen.

Wütend hatte sie die vielen Artikel in den Zeitungen gelesen und jede Sondersendung im Fernsehen angesehen. Von Deutschland aus hatte sie das Referendum im Frühjahr verfolgt, sich damit beruhigt, dass nach der Abstimmung die Drohgebärden aufhören würden. Sie hatte sich die vielen Verhaftungen schöngeredet, mit welcher Erklärung, daran erinnerte sie sich nicht mehr. Vielleicht hatte sie an ein großes Missverständnis geglaubt, an eines, bei dem sich die Sachlage noch würde aufklären lassen.

Nach der Inhaftierung eines deutschen Menschenrechtsaktivisten und dem offiziellen Reisehinweis von deutscher Seite wurde die Verdrängung zur Belastung. Ingrid hatte versucht, die Sicherheitshinweise des Auswärtigen Amtes als allein das Erdbeben vom Juli betreffend zu lesen. Doch das war mittlerweile ob der drastischen Formulierung der Unberechenbarkeit türkischer Diplomatie unmöglich geworden.

»Vielleicht ist es keine so gute Idee, dieses Jahr dorthin zu fahren«, hatte Ingrid vorsichtig formuliert. Und die gleichaltrige Freundin hatte ihr heftig nickend beigepflichtet. Ingrid ahnte, dass es Marianne lieber gewesen wäre, wenn sie den Sommer in ihrem Garten verbracht hätte, doch das hatte nichts mit der Sicherheitslage zu tun, jedenfalls nicht mit der der Türkei.

Kindlicher Trotz hatte dazu geführt, dass Ingrid ihr Reiseziel lediglich um hundert Kilometer hinter die nächste Grenze verlegt hatte. So, dachte sie, würde sie sich nicht gänzlich geschlagen geben. Die Sonne, die Vegetation, ja sogar das Meer würde dasselbe sein. Sie würde in demselben Wasser baden, lediglich mit veränderter Perspektive. Der europäische Teil Zyperns, so dachte sie, könne nicht anders sein als die

Türkei. Die geografische Lage und die gemeinsame Geschichte beider Länder musste sie verbinden.

Doch nun war alles anders als gedacht. Die Zimmer waren moderner, der Pool kälter und die Leute, nun, sie konnte sie nicht verstehen. Ingrid hatte sich in den fünfzehn Jahren einen respektablen Urlaubswortschatz im Türkischen angeeignet. Hier auf Zypern verstand sie rein gar nichts. Die Postkarten, die sie sonst an Marianne schrieb, quollen gewöhnlich über von Erlebnissen. Diesmal schrieb sie nur über das Wetter: Es war heiß.

An den Abenden saß sie allein auf ihrem Balkon und sah hinüber, dorthin, wo Anamur und die mittelalterliche Burg Mamure Kalesi wie weggeklappt hinter dem Horizont lagen.

Anders als in ihrer Villa in den Bergen nahm sie hier das Frühstück in einem Speisesaal mit vielen anderen Gästen ein. Sie ärgerte sich über den Lärm und über die Tatsache, dass sie trotz der Wärme nicht draußen frühstücken konnte. Zudem fühlte sie sich von ihrem Tischnachbarn, der ebenfalls allein reiste, beobachtet. Zwar war die Tischwahl den Gästen freigestellt, doch saß er zufällig stets in ihrer Nähe. Fast kam es ihr vor, als würde er täglich näher rücken.

Ingrid breitete ihr Handtuch auf dem Liegestuhl aus, zog ihr Buch aus der Strandtasche und legte es auf den kleinen Beistelltisch. Sie las drei Seiten, so wie jeden Vormittag, dann schlief sie ein. Die Geräusche am Strand, die seicht anlandenden Wellen, die quietschenden Kleinkinderstimmen mischten sich im Wegdämmern mit alten Urlaubsbildern. Ingrid träumte sich ans andere Ufer.

Als sie erwachte, lag der Mann, der täglich beim Frühstück ihre Nähe suchte, unweit von ihr auf einer Liege und las Zeitung. Ingrid hätte weggesehen, ihn ignoriert, hätte nicht die Schlagzeile ihre Aufmerksamkeit auf sich und so auf ihn gezogen.

»Sie können sie gleich haben«, sagte der Mann und lächelte zu ihr hinüber.

»Was ist passiert«, fragte sie, »ich meine, worum geht es?«

»Hähne, nichts als Gockel«, antwortete er und faltete die Zeitung akkurat zusammen. »Wollen Sie das wirklich lesen, es verdirbt einem die Urlaubsstimmung.«

Ingrid sah ihn emotionslos an. Ihre Ferienstimmung hatte sich gar nicht erst eingestellt.

»Ich hätte keinen Urlaub machen sollen dieses Jahr«, sagte sie leise.

»Wie bitte?«, erwiderte er höflich, doch Ingrid schüttelte bloß den Kopf.

»Ich heiße Karl.«

»Ingrid«, sagte sie, den Blick aufs Meer gerichtet.

Er legte die Zeitung in den Sand unter seinen Liegestuhl und faltete die Hände im Schoß. Aus dem Augenwinkel schien er Ingrid zu beobachten, sie fühlte sich wie gelähmt.

Seit Reinhardt nicht mehr bei ihr war, hatte sie keinen neuen Mann an sich rangelassen. Getroffen hatte sie schon welche, im Theaterclub, im Tennisverein und natürlich die anderen Ehemänner der Frauen aus dem Chor. Reinhardt hatte immer so schön gesungen, viel schöner als sie. Sein Männerchor hatte Auftritte bei Stadtfesten und zu Weihnachten in der Kirche gehabt. Sie selbst sang bloß, weil sie die Gemeinschaft mochte und das Lernen der Texte ihr große Freude bereitete. Keinem der Männer, die sie seit Reinhardts Tod kennengelernt hatte, hatte sie sich im Badeanzug gezeigt.

Ingrid fixierte den Horizont.

»Man könnte meinen, es gäbe die Türkei nicht mehr«, sagte Karl unvermittelt.

Ingrid sah ihn an. Für sie klangen seine Worte, als wäre mit der Türkei auch Reinhardt ein für alle Mal verschwunden.

»Wie können Sie so etwas sagen?« Sie machte ein verächtliches Geräusch, das ihr schon im nächsten Augenblick leidtat. Ungelenk zeigte sie hinaus aufs Meer. »Da drüben bin ich normalerweise.«

Karl nickte. »Dann sollten Sie die Zeitung lieber nicht lesen.«

»Ich weiß«, sagte Ingrid.

»Sie sollten auch nicht hier sitzen und auf etwas schauen, was in immer weitere Ferne rückt.«

»So?«, fragte Ingrid spitz. »Was soll ich sonst tun?«

»In den Bergen hat man hier wunderbare Aussichten. Vielleicht mögen Sie mich begleiten. Ich habe einen Leihwagen.«

»Ich weiß nicht«, sagte Ingrid.

Karl setzte sich auf und packte seine Sachen zusammen.

»Sie gehen schon?«, fragte sie.

»Heute Nachmittag fahre ich mit Jannis ins Kloster Kykkos. Wenn Sie wollen, können Sie uns begleiten.« Karl zog sein kurzärmeliges Hemd über und schloss lediglich einen Knopf auf Höhe des Bauchnabels.

»Wer ist Jannis?«, fragte sie.

»Der Sohn unserer Gastgeber«, sagte Karl. »Er serviert das Frühstück.«

Ingrid nickte, sie fühlte sich ertappt.

»Also, bis später«, sagte Karl, schulterte seinen Rucksack und stakste durch den losen Sand davon.

Ungerührt saß Ingrid da und starrte dorthin, wo rein gar nichts zu sehen war. Sie dachte an ihre weiße Villa in den Bergen, an die vielen Sommer, die sie dort mit Reinhardt glücklich gewesen war. Sie glaubte nicht an Gott, nicht an den Himmel. Doch glaubte sie daran, dass Reinhardt sich nicht einfach aufgelöst hatte. In der weißen Villa, in der sie nach seinem Tod weiter die Ferien verbracht hatte, war er irgendwie noch anwesend. Zwei Jahre hatte sie damit verbracht, Orte aufzusuchen, an denen sie mit ihm glücklich gewesen war. In diesen beiden Jahren der Einsamkeit hatte das Glück seine Quelle lediglich in der Vergangenheit gehabt. Ingrid lebte von Erinnerungen.

Erstaunt über diese Erkenntnis sah sie sich um, doch Karl war auf der Straße hinter dem Strand schon nicht mehr auszumachen.

Also sprang sie auf, warf wahllos alle Dinge, die sie für einen langen Tag am Meer um sich herum aufgebaut hatte, in ihren Strandbeutel, streifte ihr Kleid über, das am Rücken an der Sonnencreme haften blieb, und stieg in die Sandalen, ohne den Fersenriemen zu schließen. Schnell lief sie den Strand hinauf, stolperte auf die Straße und hüpfte erst auf dem rechten, dann auf dem linken Bein, um ihre Schuhe richtig anzuziehen. Ihr schneller Aufbruch musste wirken wie eine Flucht, dabei war er das genaue Gegenteil. Falls es einen Ort für Reinhardts Seele gab, lag dieser unerreichbar auf der anderen Seite des Mittelmeers.

Ingrid rannte fast, die Straße zum Hotel hinunter und den Berg hinauf. Sie schlug die Zimmertür hinter sich zu und warf den sandigen Beutel neben das Doppelbett, von dem lediglich die linke Seite zerwühlt war. Das Kleid ließ sich nur schwer abstreifen, Schweiß und Creme hielten es fest. Ungeduldig sprang sie auf und ab, zog das Kleid über den Kopf und warf es über einen Stuhl.

Erst unter der Dusche besann sie sich, genoss die Kühle des Wassers und holte Luft. Ingrid schloss die Augen und fragte sich, wie sie *das hier* Marianne erklären sollte. Marianne, die nach dem Tod von Horst gesagt hatte, dass sie nun den Rest ihres Lebens allein verbringen würde. Ihre beste Freundin wollte für sich sein, wollte niemanden um sich, außer Ingrid ab und zu.

Ingrid gab Shampoo in ihre hohle Hand und seifte sich den Kopf ein. Sie stellte das Wasser etwas wärmer, spülte den Schaum aus und ließ sich dabei von dem weichen Strahl im Nacken und hinter den Ohren massieren. Das waren Stellen, an denen Reinhardt sie bis zum Schluss fast täglich angefasst hatte. Wenn sie abends auf dem Sofa nebeneinandergesessen hatten, war seine Hand oft in Gedanken in ihren Nacken oder zu den weichen Ohrläppchen gewandert. Reinhardt hatte es nicht gemocht, wenn sie Ohrringe trug.

»Die weiche Stelle ist so klein, und dann hängst du noch ein Schloss davor«, hatte er gescherzt.

Ingrid drehte den Hahn zurück auf »kalt« und brauste sich die Waden ab. Nackt, lediglich mit einem Frotteeturban auf dem Kopf, ging sie durch ihr Zimmer. Aus dem Kleiderschrank griff sie ein Kleid, das sie eigentlich für eine besondere Gelegenheit mitgenommen hatte, eine Abendveranstaltung vielleicht. Das hellblaue Seidenkleid hatte sie sich im letzten Jahr bei einem Ausflug mit den Chordamen in Berlin gekauft. Die edle Boutique auf der Friedrichstraße war für ihr Budget eigentlich zu teuer gewesen, aber das Kleid war reduziert, und Anneliese hatte sie zu etwas Unvernunft überredet.

Der kurze Rock legte ihre Knie frei, und zum ersten Mal seit Langem betrachtete Ingrid sich wie aus der

Sicht eines andern. Sie fand ihre Beine knöchern, aber straff; gealtert, aber jung geblieben. Eine Strumpfhose konnte sie bei den Temperaturen ohnehin nicht tragen. Es war, wie es war.

Sie schminkte sich die Wimpern, ließ aber den Lippenstift weg, das erschien ihr für einen Tagesausflug, bei dem sie lediglich Beisitzer war, übertrieben.

In der Einfahrt des Hotels setzte sie sich auf eine Bank und wartete.

Ein klappriger Lieferwagen mit offener Ladefläche fuhr vor, und Karl stieg aus.

»Sagten Sie nicht, Sie hätten einen Mietwagen?«

»Leihwagen. Ich habe ihn geliehen«, sagte Karl und schmunzelte.

Noch bevor Ingrid nachfragen konnte, wie sie zu dritt in das kleine Fahrerhäuschen passen sollten, kam ein junger Mann aus der Lobby.

»Jannis«, sagte Karl erfreut und zeigte auf Ingrid. »Wir nehmen noch jemanden mit.«

Jannis gab ihr die Hand. »Wir kennen uns. Tee mit Milch, ohne Zucker.«

Ingrid lächelte unsicher.

»Jannis studiert eigentlich Musik und Tanz an der Universität von Nikosia. Er arbeitet nur im Sommer hier, um etwas Geld zu verdienen.«

»Meinen Eltern gehört das Hotel«, sagte er.

Ingrid nickte.

»Und heute wollen Sie uns zum Kloster begleiten?«, fragte Jannis.

»Ich denke, ja.« Ingrid sah Karl fragend an.

»Sollen wir?«, fragte Karl mit einem Blick auf seine Armbanduhr.

Jannis ließ Ingrid den Vortritt beim Einstieg in die winzige Fahrerkabine. Wie eingekeilt saß sie zwischen den Männern. Karl musste auf den kurvigen Straßen, die immer steiler anstiegen, oft schalten. Dabei berührte er Ingrids Knie trotz der Enge nicht ein einziges Mal. Der Wagen ratterte und kämpfte sich den Hang hinauf, als Karl ihn abrupt stoppte. Als hätten sie sich abgesprochen, sprangen er und Jannis gleichzeitig aus dem Wagen.

»Was ist?«, fragte Ingrid.

Karl sah von außen durch das geöffnete Fenster. »Der Wagen braucht eine Pause, und Sie müssen sich umziehen.«

»Wie bitte?« Ingrid hielt es für einen Scherz.

»So lassen die Sie nicht ins Kloster«, sagte Karl.

Während Ingrid aus dem Wagen kletterte, bedacht, nicht zu viel Bein zu zeigen, hatte Jannis die Motorhaube geöffnet und füllte offenbar Kühlflüssigkeit nach. Karl kramte in einer Sporttasche, die er auf der Ladefläche verstaut hatte.

»Hier«, sagte er schließlich und hielt ihr eine Arbeitshose und ein kariertes Hemd hin.

Ingrid schüttelte den Kopf. »Das wird nicht passen.«

Karl musterte sie. »Stimmt.« Dann öffnete er seine Gürtelschnalle, zog mit einem Schwung den Gürtel aus den Laschen und gab ihn Ingrid zusammen mit den anderen Sachen.

Auf Sandalen stapfte Ingrid durch das Unterholz am Straßenrand und sah sich mehrfach um, bis sie eine Stelle hinter einem Baum gefunden hatte, der die Sicht auf sie verdecken würde. Sie betrachtete die Hose, die an den Knien durchgescheuert und an den Gesäßtaschen speckig war. Ingrid seufzte und musste lachen, als sie sich im Wald das teure Kleid über den Kopf zog. Ohne sich erneut umzusehen, stieg sie in die Hose und zurrte den Gürtel fest, was den Stoff an ihrem Bauch ballte. Sie verteilte die Falten um ihre Hüfte und streifte das Hemd über, dessen Ärmel ihr zu lang waren. Das teure Kleid stopfte sie in ihre Handtasche.

»Besser?«, fragte sie, als sie vom Waldboden auf den Asphalt wechselte und Jannis lautstark die Motorhaube zufallen ließ.

Karl schmunzelte. »Sie müssen sie krempeln«, sagte er und half Ingrid, die Ärmel an ihre Armlänge anzupassen. Dabei kam er ihr so nah, dass sie die unterschiedlichen Farben seiner Bartstoppeln erkennen konnte. Viele waren weiß, manche durchsichtig, zwei oder drei verrieten noch, dass er früher dunkelhaarig gewesen sein musste, ein einzelnes rotes entdeckte Ingrid auch.

»Steht Ihnen«, sagte Karl, und Ingrid schüttelte den Kopf.

»Was sagen Sie?« Ingrid drehte sich zu Jannis um,

der auf der Straße vor dem Wagen stand und Wasser aus einer Plastikflasche über seine öligen Finger laufen ließ.

»Sie sehen aus wie Karl, nur in hübsch.«

»Hey«, ermahnte Karl ihn.

Die restliche Fahrt war holprig und noch kurvenreicher als der erste Teil der Strecke. Bei steilen Hängen heulte der Motor auf wie ein wildes Tier.

»Was genau machen Sie eigentlich dort im Kloster?«, fragte Ingrid, um von sich und ihrem Aufzug abzulenken.

»Ich helfe nur ab und zu in der Küche«, sagte Jannis. »Es kommen viele Touristen dorthin. Nach dem Beten ist man hungrig.« Er lächelte. »Beten Sie?«

Ingrid sah ihn erstaunt an. »Sie meinen, ob ich an Gott glaube?«

Jannis nickte.

»Ich denke, nicht.«

»Sie denken, dass Sie nicht glauben?« Jannis schüttelte den Kopf. »Vielleicht sollten Sie dafür beten, zu glauben.«

»Wofür beten Sie?«, fragte Ingrid und schaute ihn streng an.

»Wo soll ich anfangen? Dafür, dass meine Eltern ihr Hotel behalten können, dafür, dass sie es schaffen, mein Studium zu finanzieren. Für den EU-Beitritt der Türkei und für ein geeintes Zypern.«

»Das ist ein Scherz, oder? Sie wollen, dass die Türkei in die EU kommt?«

»Kein Scherz«, sagte Karl.

»Viele griechische Zyprioten haben Land auf der türkischen Seite der Insel, das sie nicht betreten können«, erklärte Jannis. »Wenn die Türkei in der Europäischen Union wäre, müsste sie das Recht auf Eigentum anerkennen. Jeder dürfte dann auf seinem Land wohnen.«

»So habe ich das noch nie gesehen.«

»Mein Vater …«, setzte Jannis an.

»Iassonas, unser Wirt«, schob Karl erklärend ein und bog schwungvoll in eine Kurve ohne Begrenzung zum Abhang.

»… er besitzt Land auf der türkischen Seite, das ich noch nie gesehen habe. Der Konflikt ist älter als ich.«

»Hm«, machte Ingrid. »Wie ist es, in einer geteilten Stadt wie Nikosia zu studieren?«

»Ich bin ein Berliner«, sagte Jannis in gespieltem Tonfall. Dann wurde er ernst und nestelte am Bügel seiner Sonnenbrille. »Ich werde heute beten. Dafür, dass mein Vater sein Land noch sieht, bevor es zu spät ist.«

Einer inneren Verbundenheit folgend, tätschelte Ingrid ihm aufmunternd das Bein und war selbst erstaunt darüber, wie leicht ihr das fiel. Jannis' Jugend, ihr Altersunterschied, machte ihre Geste zu einer unmissverständlichen.

Die Windungen der Straße wurden enger, und Karl musste verlangsamen, um die Länge des Wagens in einem einzigen Schwung um die Biegung zu bewegen. Die Luft, die hier oben im Troodos-Gebirge durch die geöffneten Fenster zu ihnen hereinströmte, war kühler und hatte den Meeresduft der Küste eingebüßt. Karl hielt vor einem Ensemble von Natursteinhäusern mit rot gedeckten Dächern.

Jannis sprang aus dem Wagen, griff seine Tasche und winkte zum Abschied. »Bis morgen.«

»Wie kommt er zurück?«, wollte Ingrid wissen, die nicht vorgehabt hatte, über Nacht zu bleiben.

»Runter kommt man immer«, sagte Karl. »Alle Touristen fahren früher oder später ans Meer.«

»Und wir, was machen wir jetzt?« Sie sah an sich hinunter.

Karl ging um den Wagen herum, schlug eine Plane zurück und hob mehrere Eimer von der Ladefläche, die mit Pinseln unterschiedlichster Größe, Spachteln und kleinen Farbtöpfchen gefüllt waren.

»Sie arbeiten auch hier?« Plötzlich verstand Ingrid, warum Karl zusätzliche Kleidung im Auto gehabt hatte.

»Nur ein Zeitvertreib. Eigentlich bin ich in Rente.« Er klang bescheiden.

Unaufgefordert nahm Ingrid einen der Eimer und folgte ihm ins Innere des Gebäudes. Karl grüßte im Vorbeigehen einen Geistlichen im langen schwarzen Gewand, und Ingrid war froh, dass Karl auf dem Wechseln ihrer Kleidung bestanden hatte. Mit nackten Knien und Oberarmen wäre sie sich hier lächerlich vorgekommen.

Karl ging voraus und öffnete die Tür des Kirchenschiffs. Ingrid trat ein und war geblendet ob des vielen Goldes, das hier in Wandvertäfelungen, Kronleuchtern und Malereien verarbeitet war. Die Akustik des großen Raumes warf seine und ihre Schritte zurück. Ingrid lauschte sich, lauschte ihnen beiden und merkte, wie er sich ihrem Schritt anglich.

»Das ist Lova«, sagte Karl unvermittelt und zeigte mit ausgestrecktem Arm senkrecht nach oben.

»Hallå«, rief Karl in Richtung Deckengewölbe, unter dem eine kleine Arbeitsplattform schwebte, gehalten von einem modernen Gerüst.

»Karl, good to see you.« Eine junge Frau beugte sich über das Geländer und sah geradewegs auf sie beide hinab.

»Lova ist Restauratorin aus Schweden. Sie hat ihre Ausbildung bei mir in Köln gemacht.«

Ingrid schätzte sie auf Anfang zwanzig, als sie behände wie eine Katze und trittsicher wie ein Bauarbeiter das Gerüst nach unten kletterte.

»You brought a friend«, sagte Lova und schüttelte Ingrid die Hand.

»Sie will helfen«, setzte Karl voraus.

»Perfect.« Lova schlug die Hände zusammen wie ein kleines Mädchen, das sich über ein Geschenk freut. Dann nahm sie Karl einen der Eimer ab und hängte ihn in einen Seilzug ein.

»Helfen wobei?«, fragte Ingrid leise, und Karl zeigte erneut unter die Decke.

Ingrid nahm mit Karl den längeren Weg über mehrere Leitern nach oben, während Lova außen am Gerüst hinaufstieg, als handelte es sich um ein Hochbett.

»Setzen Sie sich«, sagte Karl, als er die Eimer abgestellt und eine Handvoll Pinsel auf einem Tuch ausgebreitet hatte.

Ingrid schwindelte noch ob der Höhe. Sie versuchte, nicht in die Tiefe zu sehen, als sie sich am Rand der Plattform unter der nun so nahen Decke niederließ. Karl setzte sich neben sie und ließ die Beine baumeln.

Ingrid betrachtete die gemalten Figuren, die zum Anfassen dicht über ihr schwebten. Heilige, Engel, daneben eine Kuh.

»Das hier muss noch ausgebessert werden.« Karl griff zu einem der Pinsel und tunkte ihn in dunkelblaue Farbe. Vorsichtig tupfte er das Gewand einer der Figuren direkt vor ihnen nach.

»Trauen Sie sich«, sagte er.

Unentschlossen griff Ingrid nach dem kleinsten der Pinsel und tränkte ihn mit Farbe. Zögerlich ließ sie ihn vor dem Wandgemälde schweben. Karl betrachtete sie einen Augenblick, dann wechselte er seinen Pinsel in die linke Hand und griff mit der rechten nach ihrer. Ganz ruhig und punktgenau führte er ihre Hand zu einer verblassten Stelle, an der etwas Farbe zu fehlen schien.

»Ganz einfach, sehen Sie.« Dann ließ er sie selbst

versuchen. Nach wenigen Pinselstrichen lehnte Ingrid sich zurück und begutachtete ihr Werk.

»Great work«, sagte Lova vom anderen Ende der Plattform aus. »You learn from the best.«

Karl machte eine wegwerfende Geste in Lovas Richtung, was sie zu einem Kichern veranlasste, das unter der Kuppel hängen blieb wie ein alpines Echo.

Karl sah Ingrid an und lächelte. »Jetzt sind Sie ein Teil der Geschichte.«

hielt sich an sich selbst fest. Er befühlte die rechte Hand, die Schwielen vom Holzhacken und die Verbrennung, die er sich am heißen Ofen zugezogen hatte. Nichts davon spürte er, nichts davon tat weh. Er befühlte den eigenen Körper wie den eines Fremden, seit gewiss war, dass Nilay nicht zurückkommen würde. Baran hatte nicht viel sagen müssen, als er kam, um neue Vorräte zu bringen. Ediz kannte den zukünftigen Schwiegersohn seit Adils Schulzeit, konnte seine Körpersprache, sein Gesicht lesen. Baran hatte den Arm um ihn gelegt, als wollte er ihn schützen, vor den Gedanken an Nilay und vor sich selbst. Und bereits bei dieser Berührung hatte Ediz sich nicht mehr spüren können. Er war aus sich gewichen in nur einem einzigen Satz.

Sie lebt nicht mehr.

Baran war gegangen und hatte ihn zerteilt zurückgelassen. Seit drei Tagen versuchte er nun zu sich zurückzufinden, sich zusammenzusetzen zu einem Ganzen. Ein Körper, der Holz hackte und Feuer im Ofen machte, um Tee zu kochen und ihn dann doch nicht zu trinken. Und ein Geist, eine Seele, die außerhalb war, weit weg von hier in einer Gefängniszelle in Istanbul, in der eine Wandmalerei weiß übertüncht worden war. Die, die er dort fand, auf seiner Seelenreise, ähnelte seiner Tochter nur in ihren Bewegungen. Er wusste, wie sie den Stift hielt beim Schreiben, wie ihre Körperhaltung vor dem Computer war. Was sie schrieb, was sie tippte, hatte ihn nie interessiert, er hatte es als Zeitverschwendung betrachtet, als etwas, das sie vom Studium abhielt. Die Nilay, die dort in dieser Zelle saß, war eine Fremde mit fremden Gedanken. Er wollte sie finden, sie kennenlernen, auch wenn es dafür längst zu spät war. Alle Tage und Nächte verbrachte er in Gedanken bei ihr, neben ihrer Pritsche, und er spürte die Isolation, unter der sie zerbrochen war. Wenn eine Tochter zerbricht, kann der Vater nicht heil bleiben, die Mutter noch viel weniger.

Ein Jahr reichte aus, um eine Familie in ihre Bestandteile zu zerlegen, sie zu filetieren wie ein geschlachtetes Tier. Seit zehn Monaten war Ediz allein hier draußen. Hatte lediglich mit Adil, Baran und Dilek ab und zu gesprochen und schließlich mit dem französischen Journalisten. Dieses Gespräch hatte in ihm eine längst verloren geglaubte Euphorie ausgelöst, eine übersteigerte Hoffnung, die einem bewussten Selbstbetrug glich. Er hatte glauben wollen, dass Nilay noch am Leben war, und daran, dass dieser Franzose sie finden würde. Ein ganzes Jahr hatte Ediz gelebt wie auf einer Gefängnisinsel, İmralı vielleicht, umgeben vom Meer, isoliert von jeglicher Hoffnung.

Also musste er danach greifen, nach diesem winzigen Funken, und ihn zu einer Flamme werden lassen. Die wenigen Tage zwischen dem Besuch des Franzosen und Barans Nachricht über Nilays Tod waren die besten des vergangenen Jahres gewesen. Sie hatten einem Rausch geglichen, hatten ihn taumeln lassen, wie nach zu viel Rakı, hatten seinen Blick auf die Realität vernebelt. Eigentlich, und das hatte er in diesen Tagen verdrängen wollen, war alles Sehnen längst umsonst gewesen. Wenn jemand, der so zuverlässig war wie Nilay, ein Jahr verschwindet, ohne von sich hören zu lassen, wird er nicht einfach wieder vor der Tür stehen, nicht einfach wieder seinen Platz in der Familie einnehmen und alle Wunden heilen.

Ediz war, als hätte er das Sprechen verlernt. Nachts hörte er jetzt einen fremden Mann wimmern, während sein Geist neben Nilays Pritsche kauerte und ihre Hand hielt. Und in manchen Nächten traf er Dilek, die ebenfalls in die Zelle gekommen war, um die Tochter zu schützen. Und sie sang, für Nilay und für ihn, wie früher, als die Kinder noch klein gewesen waren.

Ediz wollte die Zeit zurückdrehen, wollte jeden Augenblick mit Dilek und den Kindern nochmals erleben, wollte am Anfang neu beginnen und alles so einrichten, dass ihre Geschichte ein anderes Ende nahm. Hunderte von Situationen ging er durch, spielte sie in Gedanken nach und fragte sich, was er hätte anders machen können, damit sie, seine Tochter, noch bei ihm sein könnte.

Dilek, da war er sich sicher, hatte immer alles richtig gemacht, war zugewandt gewesen und hatte den Kindern zugehört wie bereits erwachsenen Freunden. Er jedoch war oft abgelenkt gewesen und erschöpft nach den langen Tagen im Glaswerk. Die harte Arbeit und der Lärm der Maschinen hatten ihn taub gemacht gegen die abendlichen Annäherungsversuche seiner Kinder.

Nur an den Wochenenden hatten seine Kraft und Aufmerksamkeit gereicht, um etwas mit ihnen zu unternehmen. Ediz erinnerte sich, wie er mit den Kindern den Mädchenturm besichtigt hatte, der vor Üsküdar im Bosporus lag. Bei schönstem Wetter und wunderbarer Sicht auf die Stadt hatte er von der Sage erzählt, die den Turm und die dazugehörige Insel umgab. Der Tochter eines Sultans war der Tod durch Gift von einer Wahrsagerin prophezeit worden. Weil der Sultan seine Tochter sehr liebte und sie schützen wollte, ließ er sie auf die winzige Insel im Bosporus bringen. Natürlich wurde ihr Essen mit einem Boot gebracht. Aus einem der Obstkörbe kroch eines Tages eine Schlange und biss die Tochter des Sultans. Wie prophezeit verstarb sie an dem Gift des Tieres.

Die damals achtjährige Nilay hatte gebannt zugehört und viele Fragen gestellt. Darüber, wie schön das Mädchen gewesen war, wo es heute begraben lag und ob die Schlange noch hier auf der Insel lebte. Adil hatte die Rückfahrt schweigend verbracht und gelangweilt gewirkt. Auf Ediz' Nachfrage, ob ihm der

Ausflug nicht gefallen habe, hatte er gesagt, dass er beim nächsten Mal nur mitkommen würde, wenn sie einen entsprechenden Jungenturm besichtigen würden.

Beim abendlichen Essen hatte Nilay kein anderes Thema gehabt als das Märchen von der Schlange und dem Mädchen. Sie versuchte Dilek zu erzählen, was sie davon behalten hatte, malte es in schillernden Farben aus und ließ am Ende das Mädchen und die Schlange gemeinsam in Frieden leben.

Vielleicht, so dachte Ediz, hatte alles an diesem Tag begonnen. Hätte er das Märchen nicht erzählt, nicht etwas in ihr geweckt, ein Interesse, einen Sinn für etwas, der sich bis ins Erwachsenenalter halten konnte, vielleicht wäre Nilay noch am Leben. Doch was hätte er tun sollen? Seine Tochter hätte sich nicht in einen Turm sperren lassen.

In vorsichtigen Briefen an seine Frau hatte er gefragt: *Erinnerst du dich? Kannst du dich erinnern?*

So oft hatte er diesen und andere Tage durchgespielt, wieder und wieder durchlebt, hatte sie für Dilek in seinen Zeilen lebendig werden lassen, hatte sie aufgeführt wie ein altes Schauspiel. Mit ihrer Deutung blieb er allein, wollte er allein bleiben, weil er die Erkenntnis scheute.

Als Nilay vielleicht sechs Jahre alt gewesen war, hatte Ediz seiner Frau kleine und große Glasflaschen mitgebracht, Überschuss aus der Produktion, die sie zur

Aufbewahrung von Speiseölen verwenden wollte. Die zu kleinen Flaschen gab sie Nilay zum Spielen. Das Mädchen füllte sie mit Leitungswasser und behauptete, es sei Parfum. Ediz schüttelte den Kopf und sagte: »Wasser, es ist nichts als Wasser.«

Dilek, die gut war in diesen Dingen, ging darauf ein, lächelte und roch an dem Flakon. Sie sog den vermeintlich betörenden Duft ein, hielt inne und sagte: »Wundervoll. Rosen und ein Hauch von Zimt.«

Die kleine Nilay hatte gestrahlt und sich die Handgelenke mit dem erdachten Parfum benetzt. Ediz erinnerte sich noch genau an ihren Gesichtsausdruck. Dilek hatte sie in ihrer Fantasie ernst genommen. Gemeinsam hatten sie etwas erschaffen, was zuvor nicht existent gewesen war.

Was würde er heute dafür geben, erneut an dem Fläschchen riechen zu können. Er würde die Augen schließen und sagen: »Amber und Sandelholz.« Und dann würde Nilay, die kleine wie die große, ihn ansehen wie einst die Mutter. Und er würde ihr sagen, dass sie eine Schriftstellerin war und dass er stolz auf sie war.

Ediz nahm den Koffer, in dem nichts war, an dem sein Herz hing. Er wusste, dass er nicht zurückkehren würde in dieses Haus. Ediz hatte aufgeräumt, das Geschirr und die Töpfe in den Schränken verstaut, die Decken und Teppiche gelüftet und zusammengerollt. Er wollte alles so verlassen, wie er es selbst vorzufinden gewohnt war. Ediz hinterließ eine Ordnung, die niemandem galt. Er und Dilek würden nicht hierher zurückkommen.

Ediz schloss die Tür hinter sich und hielt inne. Eine geschlossene Tür war ein Zeichen, eines, das er an diesem Tag nicht ertragen konnte. Also öffnete er die Tür einen Spaltbreit, nahm seinen Koffer und ging. Noch roch es im Innern nach Mensch und Feuer und nach dem letzten Essen, das er am gestrigen Abend gekocht hatte. Der Wind und die nächtliche Kälte würden in die Räume hineinfahren, alle Spuren verwischen und das Haus neutral zurücklassen, als handelte es sich um eine Höhle, einen natürlichen Unterschlupf. Die Tiere würden es sich holen, es sich aneignen, dieses Haus. Wildziegen und Nattern würden hier Schutz suchen vor der mittäglichen Hitze oder dem ersten Frost im Winter. Ediz stellte es sich friedlich vor.

blickte aus dem ovalen Fenster. Ihr Körper vibrierte leicht, und die Schwingung machte den Schlaf einfacher, sie ließ sich einlullen. Nur die aufrechte Position war hinderlich. Sie stopfte ihre Strickjacke in die Ritze zwischen Sitzlehne und Flugzeugwand und lehnte den Kopf seitlich an. Hinter der Scheibe war das Licht gleißend. Die Tiefe unter ihr erschien Dilek unvorstellbar. An einem anderen Tag, unter anderen Umständen hätte sie Angst gehabt, das Flugzeug zu besteigen, hätte den Start und die Landung gescheut, die Höhe, die Geschwindigkeit des Reisens und auch die Unwahrscheinlichkeit, dass dieses riesige Ding tatsächlich schweben konnte. Doch eine viel größere Angst hatte diese zunichtegemacht, und so erschien ihr das Besteigen des Flugzeugs als Kleinigkeit, als notwendiges Übel.

Dilek gab sich dem Rütteln hin und versank in unruhigen Träumen. Sie träumte von einem Mädchen, das ihr, anders als sein großer Bruder, über viele Jahre nicht von der Seite gewichen war. Wie ein Äffchen hatte die Kleine an ihren Beinen gehangen, sich mitschleifen lassen, um ja nicht allein zu sein. Hatte jede Gelegenheit für Körperkontakt genutzt, war ständig mit ihren zarten Fingern an ihrem Arm oder in ihrem

Haar gewesen. Auch den Vater und den Bruder hatte sie ständig anfassen müssen.

Wirklich glücklich erschien die Tochter nur, wenn alle da und ganz nah beisammen waren. Am engsten war es im Haus in den Bergen, das der Vater von Onkel und Tante geerbt hatte. Wenn sie für ein Wochenende oder die heißesten Tage der Sommermonate dorthin fuhren, um sich abzukühlen, zu fliehen aus der aufgeheizten Stadt, und alle in einem Zimmer schliefen, dann und nur dann war sie vollständig zufrieden. Die Enge der Räume sorgte dafür, dass man sich aneinander vorbeischieben musste, in der kleinen Küche und im Bad. Dabei nutzte sie selbst mit zwanzig noch jede Möglichkeit, Dilek einen Kuss ins Haar zu setzen oder dem Vater auf die Wange. Sie war groß geworden, überragte Vater wie Mutter um fast einen ganzen Kopf, nur der Bruder blieb größer, nach ihm musste sie sich recken, um ihn auf die Stirn zu küssen. Ständig waren ihre Lippen überall, ständig sprach sie durch diesen zärtlichen Mund, sagte *annem,* meine liebe Mama, *babam*, mein lieber Papa, *kardeşim*, allerliebster Bruder.

Dilek hatte die Großmutter, die keine große Aufregung mehr vertrug, vor ihr schützen wollen, so überschwänglich war die Tochter. »*Büyükannem*, lass dich küssen«, sagte das große Mädchen und begrub die eigene Großmutter mit ihrer Liebe.

Immer war sie um einen, immer suchte sie einen Grund, einem zu folgen. Sie bei sich zu haben war für

Dilek eine Selbstverständlichkeit geworden, und insgeheim hatte sie den Tag ihrer Hochzeit gefürchtet. Wie, so dachte Dilek damals, sollte sie leben, wenn ein anderer, ein junger Mann all die Berührungen bekam, wenn die Tochter weit weg wohnen würde und sich allmählich entwöhnte von ihnen dreien. Von ihr, Ediz und Adil.

Das Ertönen einer mechanischen Glocke weckte Dilek, schläfrig sah sie sich um.

»Du musst dich anschnallen«, sagte Ediz, der neben ihr saß, und legte ihr den Gurt um. In ihrem Dämmerzustand fragte sie sich, woher er wusste, wie die Schnalle zu schließen war, auch er war nie zuvor geflogen, hatte allenfalls das Auto oder den Bus in die Berge genommen, war Rad gefahren und als Kind auf einem Esel geritten. Sie fand sich und ihn auf eine erschreckende Weise zu alt für das hier. Ediz zog den Gurt an einem Band fest und betrachtete dabei ihren mageren Körper. Ein Jahr reichte aus, um einen Menschen aufzuzehren. Ihr Rock hielt nur dank eines Gürtels an Ort und Stelle, den Büstenhalter, den sie am Morgen angezogen hatte, trug sie lediglich aus Anstand, er hatte nichts mehr zu halten. Die Kette mit Nilays Namen in arabischer Schrift, die sie nach ihrem Verschwinden aus der Schatulle in ihrem Zimmer genommen hatte, lag in einer tiefen Kuhle zwischen ihren Schlüsselbeinen. Dilek berührte den Schriftzug aus vergoldetem Metall, und Ediz wandte den Blick ab. Es war die letzte Berührung ihrer Tochter, seit ihrem Verschwinden hatte Dilek die Kette nicht abgelegt. Die Kettenglieder streichelten ihren Hals, wenn sie sich bewegte. Manchmal stach der Anhänger sie, wenn er sich verdreht hatte. An sonnigen Tagen brannte sich die Kette in ihren mageren Nacken. Der Schmerz war ihr lieber als die Abwesenheit jeder Berührung.

Ohne hinzusehen, griff Dilek nach Ediz' Hand, hielt sie fest, wie etwas, das man nicht wieder hergeben möchte. Fast ein Jahr hatten sie einander entbehrt, hatten Briefe geschrieben, um den anderen nicht gänzlich zu verlieren. Die ersten Zeilen von Ediz, die bei ihr in Ayaş ankamen, waren steif und fremd gewesen. Nie hatten sie sich schreiben müssen, nie waren ihre Gedanken und Gefühle konkret und formulierbar gewesen.

Wie geht es dir? Mir geht es gut.

Dass das gelogen war, erkannte sie an Ediz' Handschrift, die auf Dokumenten und Notizzetteln stets geradlinig gewesen war, jeder Buchstabe wie ins Papier geprägt. Nun lagen seine Buchstaben zittrig und kraftlos auf dem Briefbogen. Sein Name stand ganz klein und unleserlich darunter.

Sie fehlt so sehr, hatte Dilek ihm geantwortet. Ein *mir* hatte sie nicht schreiben können, weil sie auch um seinen Schmerz wusste, ihn noch weniger ertragen konnte als den eigenen.

Danach das lange Schweigen des Briefkastens, das

Warten auf Antwort, die Ungewissheit, was der eigene Mann aus diesen Zeilen lesen würde in seiner Einsamkeit. Also schickte sie einen weiteren Brief hinterher, schrieb *Halte durch* und *Ich liebe dich*. Beides hatte sie noch nie geschrieben, nie in der eigenen Handschrift gelesen. Danach wieder das Abwarten, wieder sein Schweigen. Dilek konnte sich nur ausmalen, wie er mit den fremden Worten auf Papier durch das Haus in den Bergen schlich, sie las und wieder las, sie vielleicht laut aussprach, weil niemand sonst dort war, um sie vorzulesen, sie hörbar zu machen. *Halte durch.*

Vielleicht hatte er ihr schreiben wollen: *Ich weiß nicht wofür. Was soll noch kommen, wer soll das alles ändern?* Doch er tat es nicht. All die verbliebene Kraft steckte er in die wenigen Zeilen an sie, rang sich eine Zuversicht ab, die allein ihr galt. *Adil wird sie finden*, schrieb er stattdessen. Und: *Ich liebe auch dich.*

Dilek gab seine Hand frei und nahm das Getränk entgegen, das man ihr ungefragt reichte. Ediz half ihr, den Tisch herunterzuklappen. Durch den Spalt der Sitze vor ihnen griff eine schlanke Hand nach ihrer, als sie den Plastikbecher abstellen wollte. Für den Bruchteil einer Sekunde war Dilek nicht in einem Flugzeug, sondern zu Hause am Küchentisch, und es war Nilays schlanke Hand, die dort nach ihr griff, sie während des Essens berührte. Dilek ließ sich anfassen und fand zurück in die Situation. Es war Emine, die in dem Sitz vor ihr saß und aussah, als hätte sie geschlafen.

»Alles gut bei dir?«, fragte sie.

Dilek nickte. »Bei dir?«

»Hunger«, sagte Emine und lächelte schwach. »Du wirst auch etwas essen.« Sie sagte es, als hätte sie Anweisung von Ediz erhalten.

Dilek wusste, dass er sie nach seiner Rückkehr aus den Bergen kaum wiedererkannt hatte.

»Ich kann nicht noch einen geliebten Menschen verlieren«, hatte er gesagt.

Emine zog ihre Hand zurück, um das Tablett entgegenzunehmen. Ediz reichte das Essen an Dilek weiter, nahm erst das zweite für sich. Dann öffnete er für sie, die unbeteiligt dasaß, die Abdeckung der aufgewärmten Speise.

»Woher weißt du, wie das geht?«, fragte sie und beobachtete, wie er mit schnellen Handgriffen das Plastikbesteck von einer Folie befreite.

»Man sieht doch alles. Du musst es nur aufmachen.«

Kritisch beäugte er das Essen. »Reis mit Hühnchen, denke ich. Sieht nicht schlecht aus.«

Er nahm die Gabel in die Hand, hielt sie Dilek hin, und sie griff danach.

»Iss wenigstens den Reis«, sagte er, dann widmete er sich seinem Tablett.

Dilek stocherte in der länglichen Schale, als wollte sie die Reiskörner einzeln zählen.

Gezählt hatte sie seit Nilays Verschwinden die Tage, die Stunden, die Sekunden nach dem Aufwachen, bis der Geist begriff, dass sie fort war, wirklich fort. Sie hatte die Mahlzeiten am Tag gezählt, bei denen Nilay nicht mit am Tisch saß, die Nächte, die sie zu Bett ging, ohne abermals in das Zimmer der Tochter zu gehen, wo diese in den letzten Monaten ihrer Anwesenheit stets vor dem Computer gesessen hatte.

»Welches Märchen ist heute dran?«, hatte Dilek dann gefragt und sich im Nachthemd auf Nilays ungemachtes Bett gesetzt.

»Das mit dem Bären«, hätte sie dann vielleicht gesagt und es ihr erzählt.

Und niemals, wirklich nie, wäre Dilek darauf gekommen, dass ihr Mädchen in Wahrheit selbst ein Tier war. All die Berührungen, die Nähe, das wusste Dilek heute, waren Nilay Nahrung gewesen, hatten sie stark und mutig gemacht. Wie sollte jemand wie sie überleben, wenn man ihr die Nahrung, das tägliche Brot nahm? Nilay hatte gehungert, war alleingelassen und schutzlos, ohne berührt zu werden, ohne andere zu berühren. Nilay war wie ein Herdentier, allein war sie ausgeliefert, den Wölfen zum Fraß vorgeworfen.

Dilek steckte die Gabel in den Mund und ließ die drei Reiskörner, die an ihr kleben geblieben waren, auf der Zunge hin und her rollen.

»Sie haben den Reis ohne Reisnudeln gekocht. Wer kocht denn seinen Reis ohne Reisnudeln?«, sagte sie, legte die Gabel ab und die Hände in den Schoß. Die Gurtschnalle aus Metall kühlte ihr die Pulsadern und ließ sie frösteln.

»Willst du eine Decke? Ich kann nach einer Decke fragen.« Mit der Gabel in der Hand zeigte Ediz über den Gang hinweg, wo die beiden französischen Journalisten vor ihren unangerührten Tabletts schliefen, über ihren Beinen die Decken mit dem Logo der Fluggesellschaft.

»Sie sehen erschöpft aus«, sagte Dilek.

»Sie ruhen sich aus, damit sie bei Kräften sind, wenn wir ankommen.«

Ankommen, wo sollte man ankommen, wenn der einzige Ort, an dem man sein wollte, nicht mehr betretbar war? Jules Durand und Clément Fournier würden in Paris ankommen und zu ihren Familien in ihre Wohnungen fahren, würden sich in ihr Bett legen und am Morgen zu ihrer Arbeit aufbrechen. Sie würden ihre Kinder und Freunde küssen, ihre Frauen, ihre Nachbarn. Sie würden feiern, dass dieses Abenteuer überstanden war. Es würde zu einer Geschichte werden, zu einem Märchen, das sie sich gegenseitig erzählen konnten. Für sie ging hier und heute, mit diesem Flug und der anschließenden Ankunft etwas zu Ende.

Für Dilek und Ediz und Emine begann etwas, ein neues Leben, von dem sie noch nicht wussten, was es für sie bereithielt.

Dilek ahnte, dass Adils Entscheidung zurückzubleiben den Vater zerreißen würde. Adil hatte sich in der Abwesenheit des Vaters verändert, hatte die Rolle eingenommen, die Ediz nicht mehr hatte ausfüllen können. Als Dilek für den Abflug nach Frankreich aus Ayaş eingetroffen war und Adil sie in die Arme schloss, fand sie den Sohn äußerlich kaum verändert. Doch die Worte, die er sagte, klangen fremd, hatten einen neuen Ton angenommen. Dilek hatte geglaubt, er würde mit ihnen gehen. Doch schon vor ihrer Ankunft hatte Adil dem Vater eröffnet, dass er bleiben würde. Bulut und Baran, seine Freunde seit der Schulzeit, würden bei ihm sein, er würde bei ihnen wohnen. Auch wenn Dilek das kaum beruhigen konnte, ahnte sie, dass Adil nicht mit ihnen gehen konnte.

»Seile reißen an den ausgedünnten Stellen«, hatte Adil sein Zurückbleiben begründet.

Dilek, die sich gewöhnlich nicht für Politik begeisterte, hatte sofort verstanden. Adil würde fortführen, was seine kleine Schwester begonnen hatte.

Dilek sah aus dem Fenster, als sie im Sinkflug die Wolkendecke durchstießen. Für einige Sekunden war das Fenster blind, zeigte nichts als Milch, die plötzlich verschwand, als hätte jemand das Glas in einem Zug geleert. Sie betrachtete den Erdboden, der tief unter ihr näher rückte. Die Flüsse und Straßen bildeten Adern, liefen zusammen und kreuzten sich. Dilek musste an einen schlafenden Riesen denken, auf dessen Bauch sie schaute. Sie lächelte, weil Nilay dieser Gedanke gefallen hätte. Die Haut des Riesen war schrundig und furchig, an manchen Stellen wie mit Moos bewachsen. Mit einem Mal wurde ihr klar, dass ihr neues Zuhause auf demselben Bauch lag wie das alte. Sie würden denselben Riesen bewohnen wie zuvor, waren lediglich an seinem Körper hinaufgewandert.

»Was ist?«, fragte Emine, die ihre Nase durch den Spalt zwischen den Sitzen steckte wie ein Kind.

»Es ist grüner als bei uns«, sagte Dilek. »Es muss viel geregnet haben.«

Emine lächelte. »Wenn wir gelandet sind, kaufe ich uns einen Schirm.«

»In Ordnung«, erwiderte Dilek.

Sie griff sich an den Hals, öffnete den Verschluss der Kette und ließ sie in ihre hohle Hand gleiten. Dann reichte sie das Schmuckstück Emine durch den Spalt nach vorne.

»Nilay hätte gewollt, dass du sie bekommst«, sagte sie und streichelte Emines Hand, als sie die Halskette entgegennahm.

Emine zögerte sichtlich. »Nilay ist eine Heldin«, sagte sie leise und schloss die Hand um das Geschenk.

»Ich wünschte, ihr wärt einfach nur zwei Mädchen«, erwiderte Dilek.

sortierte ihre Aufzeichnungen in der Vortragsmappe. Im Halbdunkel hinter der Bühne konnte sie die eigene Schrift nur mühevoll entziffern. Die bulgarische Rednerin, die sie durch einen Spalt in der Bühnenabtrennung sehen konnte, sprach seit einer knappen Stunde. Bojana Daskalow war Professorin für Philosophie an der Universität Sofia und sprach über Camus' Konzept des glücklichen Sisyphos in Bezug auf die Anstrengungen politischer Bemühungen um eine fortwährende Demokratisierung in Europa. Simone hatte drei ihrer Bücher gelesen. *Wohin mit Europa? Warum ein gut gemeintes Konzept sich selbst abschafft* hatte sie bereits im Studium gelesen. Zuletzt erschienen war *Der Krieg im Einzelnen. Eine Abhandlung über die Wahlentscheidung der Bürger in den USA und Frankreich im Vergleich.* Wirklich beeindruckt hatte sie jedoch das 2015 erschienene Buch *Freiheit im Zeitalter der medialen Unfreiheit.* Letzteres entsprach dem Thema von Simones aktuellem Seminar an der Universität Heidelberg: *Die Bedeutung von Privatheit für demokratische Gesellschaften.* Gemeinsam mit ihren Studenten diskutierte Simone darüber, ob und inwieweit mediale Selbstpräsentationen in sozialen Netzwerken einem demokratischen Selbstmord gleichkamen. Junge Menschen im Alter ihrer Seminarteilnehmer hatten wenig Verständnis dafür, dass die vermeintliche Freiheit des maximalen Austausches ihre Freiheit einschränken konnte. Die Realität hatte ihr in diesem Jahr viel Anschauungsmaterial geliefert, die sozialen Netzwerke waren voll von Beispielen eines unverantwortlichen Umgangs mit dem eigenen Bild. Allein die Anzahl der im Netz kursierenden Fotos von jungen Menschen, die während des G-20-Gipfels in Hamburg dabei fotografiert worden waren, wie sie sich selbst vor brennenden Barrikaden in Pose brachten, war alarmierend. Selfies dieser Art, so die von Simone im Seminar vertretene These, waren Stolpersteine für demokratische Gesellschaften.

Sie wusste, dass ihre Theorien nicht populär waren, besonders unter den jungen Wissenschaftlern der Netzcommunity ALL wenig Zuspruch fanden. ALL stand nicht ohne Augenzwinkern für *American Leaders League*, einen Zusammenschluss ausnahmslos junger, gebildeter, politikinteressierter Amerikaner mit guten Kontakten nach Übersee. Die Gäste des anberaumten Symposiums mit dem Titel *Connecting Politics* waren größtenteils Digital Natives, zu denen sich Simone mit Geburtsjahr 1975 nicht mehr zählen konnte. Die Sitzplätze des Vorlesungssaals an der Universität von South Carolina waren an diesem Morgen nur locker besetzt.

Bojana Daskalow empfing ihren Schlussapplaus

und ging in Simones Richtung von der Bühne ab. Ein Helfer eilte zum Pult, nahm Daskalows Wasserglas an sich und stellte ein frisches für Simone ab. Sie konnte schon von hier aus sehen, dass man nicht an das von ihr geforderte Podest gedacht hatte, die sogenannte Torte, ohne die Simone hinter dem Rednerpult aussehen würde wie ein kleines Mädchen.

»Critical audience«, sagte Bojana Daskalow im Vorbeigehen und nickte ihr aufmunternd zu.

Simone erwiderte ihr Kopfnicken, griff sich das dickste Buch aus ihrer Aktentasche und ging auf die Bühne. Die nächsten zehn Sekunden würden schrecklich sein. Mit einer Schrittgröße, die ihr Bleistiftrock gerade noch zuließ, querte sie die Bühne vom Vorhang bis zum Pult, lächelte dabei, selbstbewusster, als sie es in Wahrheit war, einem imaginären Verbündeten in der ersten Sitzreihe des Saals zu. Dann bückte sie sich hinter dem Rednerpult und brachte das Buch in Position. Das Raunen, das sie für diese unerwartete Einlage erntete, versuchte sie auszublenden. Noch drei Sekunden Peinlichkeit, dann war es vorbei, dann hatte sie für die nächsten fünfundvierzig Minuten die richtige Größe, und niemand würde sich später daran erinnern. Simone richtete sich auf, trat erst mit dem rechten Fuß auf den großformatigen Buchdeckel, dann mit dem linken, und sah ins Publikum.

»Welcome«, sagte sie. »Welcome to a world of political nudity.«

Spätestens jetzt hatte sie das vornehmlich männliche Publikum auf ihrer Seite. Es sollte um Nacktheit gehen.

»Today I would like to discuss with you if and how privacy could be a constitutive component of democracy.«

Innerhalb der nächsten dreißig Minuten würde sie darstellen, welche Verluste an Selbstbestimmung und Mitspracherecht jeder in Kauf nahm, der sein Leben permanent und nahezu lückenlos in sozialen Netzwerken abbildete. Sie würde erklären, dass ein wesentlicher Bestandteil von demokratischer Handlungsfähigkeit der überraschende Moment war, die eigene Freiheit im Augenblick der Wahl. Wenn bis hin zu dieser Wahl das eigene Leben wie ein offenes Buch einsehbar und nachvollziehbar gemacht wurde, so Simones Theorie, stieg der Grad der Beeinflussbarkeit, sank das Level der spontanen Selbstbestimmung.

»Ich habe Ihnen einige Beispiele aus den sozialen Medien mitgebracht, um zu verdeutlichen, worüber wir sprechen«, sagte Simone und zeigte das erste Foto auf der riesigen Leinwand in ihrem Rücken. Erneut ging ein Raunen durch das Publikum. Mit einem kurzen Blick über die Schulter vergewisserte sie sich, ob das richtige Bild zu sehen war. In seiner überdimensionierten Darstellung wirkte es tatsächlich bedrohlich.

»Was sehen wir?«, fragte Simone und beantwortete ihre Frage selbst. »Wir sehen eine brennende

Barrikade, davor einen Mann, der ein Selfie von sich und der brennenden Barrikade macht. Wir sehen ihn nicht aus der Perspektive seines Smartphones, sondern durch die Linse eines weiteren Fotografen, der die Szene beobachtet und festhält. Es gibt also zwei Fotos von derselben Situation.«

Simone rief das dazugehörige Selfie auf. In dem Augenblick, in dem es auf der Leinwand zu sehen war, wogte ein leises Lachen durch das Publikum.

»Wie Sie sehen, ist hier alles Dokumentarische verloren.« Simone wechselte abermals zwischen den beiden Bildern hin und her, um ihren Unterschied in Bildausschnitt und Wirkung deutlich zu machen.

»Beide Bilder wurden in sozialen Netzwerken gepostet. Sie wurden nur wenige Sekunden nacheinander veröffentlicht.«

Simone sah ins Publikum, ließ die Bilder einen Augenblick wirken. »Nun wollen Sie sicher wissen, mit welchem Text, welcher Aussage beide Fotografen ihr Bild verknüpft haben.«

Simone sprang zur nächsten Darstellung und zeigte die Originalposts mit Text und Hashtags. Der Text unter dem Selfie lautete *Me at G20 #burnbabyburn #fuckthepolice* und ließ darauf schließen, dass sich hier ein Randalierer in Position brachte. Das einzig Verwunderliche war, dass er sein Gesicht unvermummt zeigte. Das Foto des anderen Fotografen war lediglich mit einem Hashtag verknüpft – *#journalistsfortruth*.

»Fotos in sozialen Netzwerken können die Realität abbilden. Sie können sie aber auch übersteigern. Oder sogar eine zweite Realität neben der ersten bilden. Welche Darstellung glaubwürdig ist oder am ehesten der Wahrheit entspricht, lässt sich für den Betrachter ohne Hintergrundinformation nicht ohne Weiteres erkennen. Warum zeige ich Ihnen das hier?«

Simone baute eine rhetorische Pause ein, um zu ihrer Theorie überzuleiten.

»Unpolitische posten massiv politische Inhalte oder vermeintlich politische Inhalte. Ich nenne das *passing politics*, Politik im Vorbeigehen. Ein Ereignis wird lediglich gestreift und sofort für den eigenen Stream vereinnahmt. Andere wiederum sehen die Bilder und ahmen das vermeintliche Involviertsein echter Randalierer nach.«

Simone zeigte die nächste Darstellung, die ein Zusammenschnitt aus ähnlichen Bildern war. Etwa zwanzig Unmaskierte posierten, jeweils allein, vor einer brennenden Barrikade.

»Diese Bilder sind an jenem Tag allein innerhalb einer halben Stunde nach Veröffentlichung des ersten Selfies gepostet worden. Ich nenne das *excessive imitation*, übermäßige Nachahmung. Sie alle wollen Teil von etwas sein, woran der Initiator selbst nicht einmal teilhat.«

»Cut to the chase«, rief jemand aus der vierten Reihe. »What does adolescent behavior have to do with democracy?«

»Danke für Ihre konstruktive Frage.« Simone räusperte sich. »Bei politischen Revolten sind die Ereignisse heutzutage gedoppelt. Es wird nicht etwas im Netz dargestellt, was auf der Straße passiert, es wird nicht dokumentiert. Im Netz findet parallel zu den realen Ereignissen auf der Straße eine zweite Revolte statt, eine, die anderen Regeln folgt, zum Beispiel denen der *successful self-representation*, der gelungenen Selbstdarstellung.«

In der zweiten Reihe hob Professor Melinda James, ihre langjährige Freundin, die Hand.

»Bitte«, sagte Simone und lächelte ihr zu. Ein Mann von der Tontechnik brachte ihr ein schnurloses Mikrofon.

Melinda nahm es entgegen und stand von ihrem Platz auf. »Wenn ich Sie richtig verstehe, kritisieren Sie die hier gezeigte – sagen wir vorsichtig – unreflektierte Darstellung politischer Prozesse. Was aber ist mit der kritischen und inhaltlichen Auseinandersetzung, die die sozialen Netzwerke ermöglichen?«

Simone schmunzelte und warf ihrer Freundin den Ball zurück. »Wissen Sie ein gutes Beispiel?«

Melinda saß schon wieder, und ihr Nachbar nahm das Mikrofon an sich. »Arabischer Frühling«, sagte er ohne weitere Erklärung.

»Gezi«, rief jemand, den sie nicht so schnell ausmachen konnte, aus einer der oberen Reihen.

Simone nickte. Der arabische Frühling wurde von Verfechtern des medialen Austausches gerne herangezogen, wenn es darum ging, die positive Macht und die Reichweite von sozialen Netzwerken darzustellen.

»Steinigen Sie mich, aber ich denke, dass die genannten Proteste auch ohne die Einbindung sozialer Netzwerke – so oder so ähnlich – stattgefunden hätten.«

Ein lautloses Kopfschütteln ging durch das Publikum.

»In den Netzwerken wird gespiegelt, was ohnehin passiert«, sagte sie.

Die Ablehnung verstärkte sich zu einem missbilligenden Murmeln.

»Ich streite nicht ab, dass die Netzwerke fähig sind, Menschen zu mobilisieren. Jedoch glaube ich, dass gerade in nicht demokratischen Gesellschaften die Folgen eines unbedachten Posts für den Einzelnen massiver sind, als es der Nutzen genau jenes Posts für die Bewegung sein kann.«

»Bloße Behauptung«, rief ein junger Kollege, der am linken Rand der Bühne saß, und es gab eine Rückkopplung. Simone hatte nicht mitverfolgt, wie das Mikrofon zu ihm gewandert war.

»Ich nenne das den *day beyond*, den Tag danach. Nicht jede Revolution ist erfolgreich, nicht jede Straßenschlacht führt zum Umsturz der Verhältnisse. Am Tag danach sind gemachte Bilder und Aussagen im Netz nichts mehr wert, im Gegenteil, sie können in einem nicht demokratischen Staat zu unabsehbaren Repressalien führen. Privatheit, also die Abwesenheit aus sozialen Netzwerken, bedeutet in diesem Falle Sicherheit. Auch Sicherheit für den Fortbestand der oppositionellen Gruppierung.«

»Für demokratische Gesellschaften wollen Sie das aber nicht in gleicher Weise geltend machen, oder etwa doch?«, fragte ein Teilnehmer in der dritten Reihe.

»Doch, natürlich. Meine Forderung nach mehr Privatheit, weniger Nacktheit in politischen Dingen, nach einer reflektierten Zurückhaltung, was Äußerungen in sozialen Netzwerken angeht, bezieht sich auch oder ganz im Besonderen auf demokratische Gesellschaften. Selbst wenn am *day beyond* keine Repressionen von Staatsseite zu erwarten sind, verwehrt sich der Einzelne mit unüberlegten Posts die gedankliche Freiheit. Das Geheime ist konstitutiver Teil des demokratischen Wahlprozesses. Privatheit bedeutet gedankliche Freiheit und Freiraum für Neuorientierung. Die Möglichkeit des Überdenkens, der Neuentscheidung, ist Kern allen demokratischen Handelns.«

Auf der Ablage des Stehpults leuchtete eine Lampe auf, die anzeigte, dass ihre Redezeit in drei Minuten beendet war. Simone sah auf die Uhr. »Gibt es letzte Fragen?«

Zögerlich wurde das Mikrofon durch die Reihen gereicht.

»Was raten Sie den jungen, politikinteressierten

Menschen in Ihren Seminaren?«, fragte eine junge Frau.

»Lesen Sie. Lesen Sie Bücher, lesen Sie Zeitung, gehen Sie zu politischen Debatten *aller* Parteien, *aller* Interessensgruppen. Treten Sie keiner Partei bei, bleiben Sie offen. Und lassen Sie um Himmels willen die Finger von sozialen Netzwerken. Hinterfragen Sie sich, zensieren Sie sich selbst in Ihren öffentlichen Äußerungen. Es wird Sie freier machen.«

»Eine allerletzte Frage«, rief jemand, den Simone nicht ausmachen konnte. Ein junger Mann im oberen Teil der Ränge stand auf, was dafür sorgte, dass sein Gesicht im Schatten jenseits der Scheinwerfer lag, die Simone blendeten.

»Bitte«, forderte sie ihn auf.

Das Mikrofon wurde umständlich zu ihm hinaufbefördert. Drei Reihen zwischen den unteren und den oberen Rängen waren unbesetzt, sodass der Mann, der das Mikrofon letztendlich überreichte, aufstehen und mehrere Stufen nach oben steigen musste.

»Auf welchem Buch stehen Sie?«, fragte der junge Teilnehmer schließlich.

Simone sah an sich hinab und konnte den Buchdeckel zwischen ihren Schuhspitzen im Halbdunkel hinter dem Pult erkennen.

The Journals of Sylvia Plath 1950–1962.

Knappe sechs Zentimeter hatte sie dadurch gewonnen. Sie hatte sich das Buch für den Langstreckenflug von Frankfurt nach New York gekauft. Simone hatte die ersten dreihundert Seiten verschlungen, während ihr Sitznachbar einen Film nach dem anderen im Bordprogramm ansah.

Simone sah auf und verkniff sich ein Lächeln.

»That's private«, sagte sie.

querte die Dünen, dabei hörten sich seine eigenen Schritte auf den Planken der schmalen Stege hohl an. Er ließ das Haus hinter sich, das er als *Vaterhaus* bezeichnete.

Das *Vaterhaus* war eine kleine Strandvilla, die sein Vater Kaan vor einem Jahr für seinen längst überfälligen Ruhestand gekauft hatte.

Uzay zählte seine Schritte und kam auf knapp hundert bis zur Wasserlinie. Hundert Schritte bis zum Meer, das war eine gute Voraussetzung für das Alter. Ob sein Vater diese Möglichkeit oft nutzte, wusste er nicht. Es war das erste Mal, dass er den weiten Weg auf sich genommen hatte, um das neue Haus auf der Isle of Palms und seinen Vater im neuen Lebensabschnitt zu begutachten.

Kaan sah verändert aus, hatte seinen Kleidungsstil mit Ende siebzig dem neuen Wohnumfeld angepasst, trug nun Poloshirts statt der Sakkos, von denen in Stanford noch immer mehrere im Schrank hingen. Sein Vater wirkte hier wie verlangsamt, und Uzay war sich nicht sicher, ob es die neue Umgebung war oder das Alter, das ihn ruhiger wirken ließ.

Seit Uzay angekommen war, saß Kaan auf der großzügigen Veranda im Schatten und rauchte bloß.

Ohne Lektüre, ohne Stift und Notizzettel, ohne Brille. Ob es ihn glücklich machte, war dabei nicht auszumachen.

»Warum fängst du jetzt wieder mit dem Rauchen an?«, hatte Uzay bei ihrem Wiedersehen gefragt.

»Was soll ich sonst tun?«, hatte Kaan geantwortet und einen tiefen Lungenzug genommen.

Uzay zog die Schuhe aus, band die Schnürsenkel aneinander und hängte sie sich über die Schulter. Das Meerwasser umspülte seine Knöchel, es war vom Sommer aufgeheizt. Er schirmte die Augen gegen die Sonne ab. Gerne hätte er diesen Spaziergang mit seinem Vater gemacht, im Gehen mit ihm gesprochen, ohne ihn dabei ansehen zu müssen. Doch Kaan hatte seinen Platz auf der Terrasse nicht verlassen wollen.

Kaans zweite Frau Sophia, die zehn Jahre jünger war als er, hatte das *Vaterhaus*, das nicht weit von ihrer Heimatstadt Charleston am Atlantik lag, eingerichtet und viel Aufwand darauf verwendet, es zu einem Ort der Entspannung zu machen. Die Wände waren in Pastellfarben gehalten. Die Bilder zeigten Szenen jenes Meeres, das direkt vor der Haustür lag und doch durch die Höhe der Dünen von hier aus nur im oberen Stockwerk zu betrachten war. Die Regale waren gefüllt mit Fundstücken vom Strand, Muscheln, glatt gewaschenen Steinen und rund gespültem Treibholz. Dazwischen wie zufällig die kostbaren Figuren aus Meißner Porzellan, die Sophia vor Jahren von einer Reise nach Deutschland mitgebracht hatte, ein Neptun und eine Undine. Die kleine Bibliothek oberhalb der Treppe war bestückt mit Romanen internationaler Autoren, ein Fachbuch suchte man vergeblich. Das *Vaterhaus*, das neue Strandhaus, war frei von Medizin und Forschung.

Die Wohnung in Stanford verkam nun zum Lager, zum Archiv von Kaans Leben oder vielmehr seiner Arbeit. Die Dokumente der vielen Studien, die er geleitet hatte, die unzähligen Fachbücher, die er in seiner Laufbahn als Mediziner angesammelt hatte, einige von ihnen trugen seinen Namen auf dem Titel, stapelten sich in Wohn- und Esszimmer.

Vor dem Umzug hatte es eine kleine Abschiedsfeier in seinem Büro auf dem Campus gegeben, ausschließlich mit den engsten Kollegen, mehr hatte Kaan sich verbeten. Ohne großes Aufsehen hatte er seine Arbeit beendet und sein Leben in Form einer vollgestopften Wohnung am anderen Ende des Landes zurückgelassen. Isabella, seine langjährige Putzfrau, hatte ihre Anstellung trotz des Umzugs behalten. Sie sah nach dem Rechten, lüftete und leerte den Briefkasten, der noch immer überquoll von Einladungen renommierter Stiftungen. Sie verwaltete ein kleines Museum.

Ab und an nutzte Uzay die verwaiste Wohnung seines Vaters von Sacramento aus als Wochenenddomizil. Wenn seine Frau Olivia mit Kollegen auf Exkursion ging und die Kinder bei den Großeltern in

Santa Rosa untergebracht waren, genoss Uzay es, in Campusnähe auf alten Pfaden zu wandeln. In Stanford hatte er permanent das Gefühl, in jugendlicher Euphorie zu schweben. Hier hatte Uzay angefangen zu fotografieren, war stundenlang allein am Strand spazieren gegangen, um die besondere Lichtstimmung einzufangen.

Nur die Wohnung, in der er aufgewachsen war und die sich über die Jahre kaum verändert hatte, lediglich voller und voller geworden war, erschien ihm fremd, seit sein Vater nicht mehr dort lebte. An manchen Stellen war Uzays leibliche Mutter Grace noch sichtbar, hatte Spuren hinterlassen, die Kaan nie getilgt hatte. Die Küche war nach ihren Vorstellungen eingerichtet worden und auch manche der Bilder in Wohn- und Esszimmer hatte sie ausgesucht.

Uzays Eltern hatten, soweit er das rückwirkend beurteilen konnte, eine gute Ehe geführt. Nie überschwänglich, das lag Kaan nicht, aber respektvoll. Dass sie sich trennten, als Uzay die elterliche Wohnung verließ, war der neuen Liebe seiner Mutter geschuldet. Grace lebte mittlerweile in London, wo sie mit ihrem neuen Lebensgefährten Ethan einen Feinkostladen mit internationalen Spezialitäten betrieb. Uzay besuchte seine Mutter alle zwei oder drei Jahre, wöchentlich sprachen sie über Skype.

In den Jahren, in denen er und Olivia selbst eine Familie aufgebaut, die Mädchen bekommen und das Haus in Sacramento gekauft hatten, war ihm die

Nähe zu den Eltern weniger wichtig erschienen. Erst jetzt, mit Ende vierzig, bemerkte er, dass seinem Vater der enge Kontakt gefehlt haben könnte.

»Lass uns zusammen an den Strand gehen«, hatte Uzay deshalb nach seiner Ankunft gesagt.

»Alles, was man sehen kann, werde ich von hier aus sehen«, hatte Kaan erwidert. Stoisch wartend hatte er dagesessen und eine Zigarette nach der anderen geraucht, zwischendurch hatte er höchstens an der Limonade genippt, die Sophia ihm hingestellt hatte, und dabei das Gesicht verzogen. Dass er die Lichtschutzbrille aus Pappe und getönter Folie bereits trug, war ebenfalls Sophia zu verdanken.

»Seid vorsichtig mit den Augen«, hatte sie gesagt und Kaan die Brille eigenmächtig aufgesetzt. Sie selbst hatte sich die Brille ins Haar gesteckt und lief seit dem Frühstück damit durch das Haus. Der Aspekt, dass dieses Accessoire wie eine Verkleidung oder ein Partyhütchen zu diesem besonderen Tag gehörte, schien ihr große Freude zu machen.

»Du brauchst auch eine«, hatte sie zu Uzay gesagt und ihm eine der Pappbrillen überreicht.

Uzay hatte sie in die Gesäßtasche seiner Jeans gesteckt, wo sie mittlerweile zerknickt sein musste. Er hatte versprechen müssen, dass er von seinem Spaziergang rechtzeitig zurück sein würde, damit sie gemeinsam die Sonnenfinsternis von der Veranda aus beobachten konnten.

Uzay ging durch das seichte Wasser, das in sanften Wellen anlandete, drehte mit den Zehen Muscheln um und scheuchte einen kleinen Krebs auf, der sein Zuhause in einem Schneckengehäuse gefunden hatte. Der Strand war leerer, als er vermutet hatte, nur vereinzelt saßen Grüppchen von Schaulustigen auf Picknickdecken. Er fragte sich, ob der Tourismus in den USA von diesem astronomischen Ereignis profitiert hatte. Bei seiner Ankunft in Charleston hatte er viele Plakate gesehen, die darauf schließen ließen, dass eine große Zahl von Besuchern erwartet wurde. *Sight of a lifetime*, hatte auf einem Banner am Flughafen gestanden. Entlang der Interstate 526, die er im Taxi zur Isle of Palms genommen hatte, wiesen großflächige Plakate darauf hin, dass hier, und nur hier, die Sonnenfinsternis Amerika wieder verlassen würde. *Where the sun hits the sea. Say goodbye to a miracle.*

Uzay stieg den schmal zulaufenden Strand hinauf und setzte sich am Rande der Dünen in den Sand. Er ließ die Schuhe an ihren Schnürsenkeln von der Schulter in den Sand rutschen und sah sich um. An der Wasserlinie vor ihm ging ein Mann mit seinem Hund spazieren. Eine weitere Gruppe Schaulustiger zog an ihm vorbei. Nur zwei Meter entfernt von ihm bewegte sich etwas im Sand. Um besser sehen zu können, schirmte Uzay die Augen gegen die Sonne ab. Es war ein Pfleilschwanzkrebs, der auf dem Rücken lag und entkräftet mit den Beinen ruderte. Uzay kannte die fossilen Krebse aus dem letzten Familienurlaub in Cancún. Einen Nachmittag war er mit Olivia und den Mädchen nach Tulum gefahren. Olivia hatte für ihre Studenten Fotos von der dortigen Maya-Fundstätte gemacht, die direkt am Meer lag. Währenddessen hatten Madison, Emily und er am Strand die Pfeilschwanzkrebse gezählt, die hier zum Laichen herkamen. Emily konnte zu diesem Zeitpunkt erst bis dreißig zählen, Madison hatte bis achtzig gezählt und dann aufgegeben. Damals hatten die ungewöhnlichen Krebse, die aussahen wie Ufos oder Außerirdische, agil gewirkt. Sie hatten sich schnell vorwärtsbewegt und sich in dem Fall, dass eine Welle sie auf den Rücken gedreht hatte, mit ihrem Pfeilschwanz geschickt wieder in Ausgangsposition gebracht.

Der Pfeilschwanzkrebs, der nun neben Uzay auf dem Rücken lag, wirkte geschwächt und schien allein zurückgelassen worden zu sein. Zur falschen Zeit am falschen Ort, dachte Uzay. Er stand auf, steckte die Brille zurück in die Hosentasche und schulterte seine Schuhe. Als er näher trat, erkannte er, dass das Tier sich selbst in eine scheinbar ausweglose Falle manövriert hatte. Indem es rücklings die Beine bewegte, schaufelte es sich mit dem mächtigen Panzer tiefer und tiefer in den losen Sand. Obwohl es ihn vor den spinnenartigen Beinen ekelte, griff Uzay beherzt zu, fasste rechts und links am abstehenden Panzer an und drehte den Krebs zurück auf den Bauch. Dieser machte zwei schnelle Bewegungen in Richtung Meer, wobei es aussah, als würde ein Raumschiff über den Strand gleiten. Dann verharrte der Krebs erneut.

Uzay klopfte die sandigen Hände an der Jeans ab und setzte seinen Weg fort. Als er sich nach dem Tier umsah, hatte es ein weiteres Stück hin zum rettenden Wasser hinter sich gebracht.

Erst hier am Strand der Isle of Palms fiel Uzay auf, dass sein Vater stets am Meer gelebt hatte. Zunächst an verschiedenen Orten in Kalifornien, nun hier in South Carolina. Nachdem Kaan sich als junger Mann im Krankenhaus von Palo Alto einen Namen als Mediziner gemacht hatte, war ihm ein Lehrstuhl an der Universität Stanford angeboten worden. Uzay war gerade vier Jahre alt, als sie in die Wohnung in Campusnähe zogen. Vorher hatte Kaan mehrere Angebote für Lehrstühle an renommierten Universitäten im Landesinnern abgelehnt. Dass das Meer bei der Entscheidungsfindung eine größere Rolle gespielt haben könnte als Vergütung und Prestige einer Eliteuniversität, kam Uzay erst jetzt in den Sinn. Offenbar hatte Kaan den Blick auf das Meer gebraucht, es war seine letzte Verbindung zur Kindheit in der Nähe von Bursa.

Eigentlich hatten Kaan und Uzay diesen August gemeinsam verreisen wollen. Dass Uzay heute hier war und nicht mit seinem Vater in einem Flugzeug in Richtung Türkei saß, war einer unfreiwilligen Planänderung geschuldet.

Im vorigen Jahr, in dem Kaan pensioniert worden war und er und Sophia in das neue Haus an der Küste von South Carolina gezogen waren, erreichte Uzay in Sacramento ein Brief seines Vaters. Eigentlich war es kein richtiger Brief gewesen, sondern ein Umschlag, in dem lediglich ein Foto steckte. Auf der historischen schwarz-weißen Fotografie war ein Haus abgebildet, hell verputzt mit großer Terrasse und Treppe in den Vorgarten, dahinter karge, zerklüftete Berge. Die Überdachung der Veranda war üppig von Bougainvillea überwachsen. Auf der Rückseite des Fotos war in der ordentlichen Handschrift seines Vaters ein einziger Satz notiert.

Ob es noch steht?

Auch wenn Kaan im Beisein von Uzay nie viel über seine Jugend in der Türkei gesprochen hatte, ahnte dieser, dass das abgebildete Haus das *Vatervaterhaus* war, das Elternhaus von Kaan in den Bergen über Bursa. Ein Telefonat mit Sophia hatte diese Vermutung bestätigt.

»Seit er nicht mehr arbeitet, ist er in Gedanken dort«, hatte sie gesagt und hilflos geklungen. »Kannst du etwas für mich tun?«

Uzay mochte Sophia aufrichtig. Sie hatte Kaan in einem Alter geheiratet, in dem sie Uzay keine neue Mutter mehr hatte sein müssen. Sie war eine Freundin geworden.

»Wie kann ich dir helfen?«, hatte er deshalb gefragt.

»Du kannst ihm helfen.«

»Aber wie?«, wollte Uzay von ihr wissen.

»Fahr mit ihm in die Türkei«, hatte Sophia ihn gebeten.

Uzay, der selbst nie in der Heimat des Vaters gewesen war, hatte den Gedanken einige Tage zwischen Kopf und Bauch hin und her bewegt. Nie, wirklich nie war es Uzay so vorgekommen, als würde Kaans Herkunft ihm irgendetwas bedeuten. Seit knapp fünfzig Jahren war der Vater amerikanischer Staatsbürger. Von den Umständen seiner Einreise kannte Uzay allenfalls die Eckdaten. Kaans türkische Familie, von der Uzay nie jemanden persönlich kennengelernt hatte, besaß eine Reederei. Ein vermögender Onkel ermöglichte Kaan das Medizinstudium in den USA. Seinen Abschluss hatte er mit der Hilfe eines Stipendiums in Stanford gemacht. Anschließend nahm er eine Stelle in einem Krankenhaus in Palo Alto an, wo er Grace kennenlernte, die damals Krankenschwester war. Die beiden heirateten, und Kaan ließ sich einbürgern, dabei ließ er den für Amerikaner unaussprechlichen türkischen Nachnamen anpassen. Diesen neuen Namen trug auch Uzay bis heute, den ursprünglichen Nachnamen des Vaters hätte auch er nicht auf Anhieb fehlerfrei aussprechen können. Aus Kaan Abdülkadir war Kaan Abdul geworden.

Uzay hatte von seinem Vater kein Türkisch gelernt.

Kaan hatte die eigene Sprache verschluckt, wie ihn Amerika. Einzig der Name, den er dem erstgeborenen und einzigen Sohn gab, erinnerte an seine Heimat. Erst im Alter von etwa sechzehn Jahren hatte Uzay seine Mutter gefragt, warum sie sich bei seiner Geburt für einen türkischen Vornamen entschieden hatten. Grace, damals noch mit Kaan verheiratet, hatte Uzay über den Kopf gestrichen, was dieser in einer pubertären Verweigerungsgeste halbherzig abgewehrt hatte.

»Dein Vater war so anders als die amerikanischen Männer, die ich damals kannte, so höflich und so korrekt mit mir. Ich wollte, dass auch du so wirst«, hatte Grace ihm erklärt.

Und Uzay hatte daraus geschlossen, dass der türkische Name der alleinige Wunsch seiner Mutter gewesen war.

Uzay erklärte sich das verspätete Sehnen seines Vaters als Alterserscheinung, wie etwa das Nachlassen seines Sehvermögens oder den geringeren Bedarf an Schlaf. Dass Kaan nachts unruhig durch das neue *Vaterhaus* wandelte, musste erst Sophia für Uzay in den Zusammenhang mit seinem zögerlichen Heimweh bringen.

»Er muss das alles noch mal sehen«, hatte sie am Telefon gesagt.

Also hatte Uzay zwei Flüge für den Juli des vergangenen Jahres gebucht. Drei Wochen hatte er sich

Zeit genommen, drei Wochen, in denen Olivia und die Kinder allein nach Mexiko reisen würden, während er mit seinem Vater das Haus seiner Kindheit ansehen wollte, wenn es dieses denn noch gab.

Doch Uzay hatte seine Pläne ohne die Weltpolitik gemacht. Zwei Tage vor ihrem Abflug fand in der Türkei ein Putschversuch statt. Sophia meldete sich telefonisch bei ihm und reichte den Hörer kommentarlos an Kaan weiter.

»Sophia meint, dass ich dir etwas sagen muss.« Kaan zögerte, als wartete er auf Uzays Einverständnis für das, was jetzt kommen sollte.

»Ja?«, sagte Uzay.

»Ich habe vor Jahren eine Privatschule in Vermont mitfinanziert.«

Kaan räusperte sich. »Uns ging es gut damals, und ich wollte etwas Sinnvolles mit dem Geld machen.«

Aus dem Hintergrund hörte Uzay Sophia, die ungewohnt aufgebracht klang.

»Lass mich doch erzählen«, erwiderte Kaan, wobei er offenbar den Hörer mit der Hand abschirmte, sodass Uzay ihn nur gedämpft hörte.

»Bist du noch da?«, fragte Kaan dann.

»Natürlich.«

»Gut.« Kaan räusperte sich erneut. »Es war eine große Geldsumme, mein Name ist mit diesem Projekt verbunden, es ist damals durch die Presse gegangen.«

»Ich verstehe nicht«, sagte Uzay.

»Es handelt sich um eine Schule der Gülen-Bewegung.«

»Was hast du dir dabei gedacht?«, wollte Uzay wissen.

»Nichts«, erwiderte Kaan, »es war eine andere Zeit.«

Unter diesen Voraussetzungen war ihre Reise selbst mit amerikanischem Pass ein Wagnis. Also stornierte Uzay die Flüge und folgte in jenem Sommer Olivia und den Mädchen nach Yukatán.

Ein Jahr später, diesen Sommer, so hatte er seinem Vater versprochen, würden sie es nach Beruhigung der Lage erneut versuchen. Uzay hoffte, dass Kaan, der mittlerweile seinen neunundsiebzigsten Geburtstag gefeiert hatte, bei Gesundheit blieb. Doch seine körperliche Verfassung sollte weniger das Problem sein als, noch immer, die weltpolitische Lage.

In diesem Sommer buchte Uzay gar nicht erst die Flüge nach Istanbul. Im Frühjahr hatte in der Türkei ein Referendum stattgefunden, das die Bevölkerung in zwei nahezu gleich große Teile gespalten hatte. Uzay fühlte sich in vielerlei Hinsicht an den Ausgang der amerikanischen Wahlen im vergangenen Winter erinnert. Der Ausnahmezustand, der per Gesetz nach dem Putschversuch in der Türkei verhängt worden war, wurde wieder und wieder verlängert. Ein befreundeter Anwalt erklärte Uzay, was das bedeutete. Festnahmen, auch ausländischer Besucher, waren an der Tagesordnung. Mitunter ohne Angaben von Gründen und unter nicht hinreichender Aufnahme diplomatischer Bemühungen. Der Freund riet ihm von einer Reise in die Türkei ab. Alle anderen, mit denen Uzay im Freundes- und Bekanntenkreis sprach, wussten kaum etwas über die Geschehnisse in Ankara. Die Türkei war weit weg, Amerika war mit sich selbst beschäftigt. *America first.*

Uzay sah auf die Armbanduhr und drehte auf der Stelle um. Sophia würde sich freuen, wenn er nicht zu spät zurück sein würde. Sie hatte Sonnenfinsternis-Snacks vorbereitet und Bowlengläser wie zu Silvester mit Wunderkerzen bestückt. Gemeinsam, so hatte sie vor seinem Aufbruch zum Strand angekündigt, würden sie Bowle trinkend *der Hochzeit von Sonne und Mond* zusehen. Strahlend zitierte sie den Slogan, den sie im Schaufenster einer Boutique für Brautmoden beim nächstgelegenen Einkaufszentrum gesehen hatte. *Be a guest at the sun's wedding with the moon.*

Uzay beschleunigte seinen Gang, um rechtzeitig zurück zu sein. An der Wasserlinie ließ er sich den festgetrockneten Sand von den Fesseln spülen. Er beobachtete eine Möwe, die in den auslaufenden Wellen ihre Beute verspeiste. Als Uzay erkannte, um was es sich handelte, blieb er stehen. Es war der Pfeilschwanzkrebs, dem er auf seinem Hinweg wieder auf die Beine geholfen hatte. Zurück auf den Rücken gedreht, war er der Möwe schutzlos ausgeliefert. Sie hatte bereits den Bauch aufgepickt und fraß sich an dem Krebsfleisch satt. Uzay riss die Arme hoch und lief auf die Möwe zu. Irritiert flog sie auf, behielt den Krebs aber im Auge und landete wieder neben ihm im seichten Wasser. Die Möwe war groß und Touristen scheinbar gewöhnt, sie nahm Uzay offenbar nicht als ernst zu nehmende Gefahr wahr. Sie pickte ungerührt auf den Brustpanzer ein und riss ein weiteres Stück aus dem Innern heraus. Erzürnt hob Uzay einen Stein auf, der neben seinen nackten Füßen im Sand lag, und warf damit nach dem Vogel. Zwei weitere Steine musste er aus dem weichen Schlick lösen und in die Luft schleudern, bis die Möwe abdrehte und strandabwärts verschwand. Als Uzay sich umdrehte, um nach dem Pfeilschwanzkrebs zu sehen, war dieser verschwunden, eine Welle musste ihn mitgerissen haben, unmöglich konnte er noch am Leben sein.

Uzay sah an sich selbst hinunter, seine Jeans war nass bis zu den Oberschenkeln und sein Hemd übersät von Flecken, die der herabtropfende feuchte Sand beim Werfen der Steine hinterlassen hatte. Seine Schuhe hatte er verloren, sie schwammen im seichten Meer. An den Schnürsenkeln zog Uzay sie heraus und leerte das Wasser aus. Er fasste sich an die Gesäßtasche und erfühlte erleichtert die Pappbrille, sie war halbwegs trocken geblieben. Dann suchte er nach dem richtigen Steg, der ihn durch die Dünen und zurück zum Haus seines Vaters führen würde.

Sophia winkte schon von Weitem. Sie saß links von Kaan in einem der großen Korbsessel. Einen weiteren Sessel hatte sie für Uzay rechts von Kaan platziert.

Uzay winkte zurück, doch sein Vater saß ungerührt da. Weder Sophia noch Kaan kommentierten seinen Aufzug beim Betreten der Veranda. Das astronomische Ereignis sollte durch nichts gestört werden.

»Setz dich«, sagte Sophia und drückte ihm ein Glas Bowle in die Hand.

Sie hatte sich umgezogen und trug ein schmal geschnittenes T-Shirt, auf dem die unterschiedlichen Phasen der Sonnenfinsternis in einem weiten Bogen abgebildet waren. Bei der letzten Darstellung, der vollen Abdeckung der Sonne durch den Mond, stellten kleine aufgeklebte Strasssteine die Korona dar. Kaan trug die Pappbrille nun über seiner richtigen Brille, sie hing leicht schief und ließ ihn bizarr aussehen.

»Wir versuchen es nächstes Jahr wieder«, sagte Uzay leise, während Sophia die Wunderkerzen in ihren Gläsern entzündete.

Kaan nickte, und Uzay konnte wegen der Brillen nur erahnen, dass sein Vater Tränen in den Augen hatte.

»Wer die Rose liebt, der erträgt auch ihre Dornen«, sagte Kaan.

wurde durch das morgendliche Hupkonzert geweckt und blinzelte. Er rieb sich die Augen und löste seinen schweren Körper von der Matratze, die unter dem geöffneten Fenster am Boden lag.

Barans Turnschuhe standen nicht im Flur. Im spärlich eingerichteten Wohnzimmer lag ein Zettel auf dem niedrigen Beistelltisch.

Bringe die Familie zum Flughafen

stand da in wackeligen Buchstaben, wie in Eile geschrieben. Neben dem Tisch lag eine Sporttasche, die er als Adils erkannte. Sie würden eine dritte Matratze besorgen müssen, einen zusätzlichen Stuhl. Ihre Wohnung war nicht auf Besuch ausgelegt, nicht auf Zuwachs.

Sie würden nicht aufgeben, würden gemeinsam dafür kämpfen, dass man in diesem Land wieder leben und heiraten und Kinder kriegen konnte, das hatte Baran zu ihm gesagt. Sie würden dafür einstehen, dass es eine Zukunft gab, irgendeine, irgendwann.

»Barış«, sagte Bulut leise, und der rot getigerte Kater kroch aus seinem Lieblingsversteck hinter dem Sofa. Leichtfüßig sprang er auf den Tisch, streckte sich ihm entgegen, wollte ihm gefallen. Bulut strich ihm über den Rücken, spürte den zarten Körper unter dichtem Fell.

»Barış«, wiederholte er. »Na komm.« Bulut ging voraus ins Bad, wo er den Wasserhahn aufdrehte. Mit nur einem Satz saß der Kater auf dem Rand des Waschbeckens und trank von dem Strahl.

Als Barış fertig war, auf den Boden sprang und in der Küche verschwand, füllte Bulut seine Hände mit Wasser und wusch sich das Gesicht. Noch im Abtrocknen begriffen, folgte er dem Tier in die Küche, wo die Mappe mit Emines Zeichnungen auf dem Tisch lag. Das Handtuch legte Bulut sich um den Nacken, was ihn aussehen ließ wie einen Boxer. Bulut öffnete den Kühlschrank, nahm eine angefangene Dose Katzenfutter heraus, leerte sie auf eine Untertasse und stellte diese auf den Küchenboden. Dann setzte er sich an den Tisch und betrachtete die Mappe, die Emine ihm am Vortag überlassen hatte. Er befühlte die Oberfläche der grauen Pappe, sie war rau und an manchen Stellen fleckig. Die rote Farbe, die Emine in all ihren Bildern verwendete, hatte Spritzer hinterlassen. Bulut musste die Mappe nicht öffnen, sich die Bilder nicht ansehen. Er kannte jedes einzelne, wusste um ihren Inhalt, ihre Wirkung. Zwar war Nilay auf manchen der Zeichnungen abgebildet, doch Emine, so erschien es ihm, war in jedem dieser Bilder sichtbar. Ihr Geist, ihr Witz, ihr Verstand, ihr ganzer Mut lag zwischen diesen beiden Kartonseiten, und Bulut würde dafür sorgen, dass auch andere sie sahen, die Bilder wie Emine.

Bulut erinnerte sich, wie er Emine, als sie gerade achtzehn Jahre alt war, wiedergetroffen hatte. Vier Jahre war das nun her, vier Jahre, und die Zeiten konnten nicht gegensätzlicher sein.

»Komm hierher, du musst kommen, unbedingt«, hatte Adil damals am Telefon zu ihm gesagt. Er hatte euphorisch geklungen und aufgekratzt.

Bulut war auf seinen Anruf hin zum Taksim gefahren. Er hatte gehört, dass Demonstranten ein Zeltlager errichtet hatten, gegen das Fällen der Bäume und den Bau eines Einkaufszentrums. Die Stimmung im Park neben dem Platz war angespannt gewesen wie eine geballte Faust. Kaum ein Stück Rasen war zwischen den Zelten zu sehen, Menschen drängten sich an ihm vorbei, jeder schien irgendwohin, irgendwo sein zu wollen. Vielleicht wollten sie einfach nur dabei sein, bei diesem riesigen Streich. Gesang und Gespräche mischten sich zu einem Murmeln, das wie das einvernehmliche Summen eines Bienenschwarms klang.

»Hey, hier sind wir«, hörte Bulut Adils Stimme, gerade als er sich in der Menschenmenge verloren glaubte.

Bulut bahnte sich den Weg zu einem Pavillon, unter dem ein langer Tisch stand, auf dem Getränkeflaschen, Wasser und Limonade, unzählige Kekspackungen und drei Gasmasken lagen.

»Du kennst doch Emine«, sagte Adil und schob sie im Gedränge zwischen sich und Bulut. »Sie organisiert hier die Versorgung.«

»Du kannst dir alles nehmen«, sagte Emine, an die er sich nur aus Kindertagen erinnerte, und lächelte.

Ihre schwarzen Haare waren schulterlang und vorne seitlich angeschrägt, was sie offenbar dazu veranlasste, den Kopf beim Sprechen ein wenig schief zu halten. Bulut, der ob der Enge von oben auf sie herabsah, zählte insgesamt acht Ohrringe und einen Nasenring im rechten Nasenflügel.

»Emine, komm schnell«, rief jemand aus dem Nachbarzelt.

»Nett, dich wiederzusehen, aber ich muss da helfen.« Sie griff in ihre Umhängetasche und zog eine Zitrone heraus. »Hier, nur für den Fall, dass du ins Gas gerätst. Gründlich damit die Augen ausspülen.«

»Danke«, sagte Bulut und nahm irritiert die Frucht entgegen.

Emine verschwand zwischen den Leuten.

»Sie hat sich verändert«, sagte Bulut und versuchte neutral zu klingen.

»Stimmt.« Adil strahlte.

»Hmhm«, machte Bulut. »Und deine kleine Schwester, ist sie auch hier?«

»Nein, sie darf nicht. Meine Mutter hat es nicht erlaubt. Nilay sitzt zu Hause und ärgert sich.« Adil zeigte sein Handy. »Alle fünf Minuten will sie wissen, was hier los ist.«

Bulut versuchte im Gedränge einen letzten Blick auf Emine zu erhaschen, die sich zielsicher durch die Menschenmenge bewegte.

»Willst du helfen?«, fragte Adil.

Bulut zuckte mit den Schultern. »Klar.«

Gemeinsam legten sie Wasserflaschen nach und nahmen Lebensmittelspenden entgegen. Adil wirkte aufgedreht und sprach mit nahezu jedem, der zu ihnen an den Tisch kam, um sich etwas zu nehmen. Die Leute befragten ihn, als hätte er Ahnung. Adil wies den Weg zur Krankenstation, zur Bibliothek und zu Stellen, an denen auch warme Speisen umsonst zu bekommen waren.

Als es bereits dämmerte, wollte Bulut eigentlich wieder zurück nach Hause, doch in dem Moment, in dem Emine wieder auftauchte, entschied er sich zu bleiben. Sie erzählte von den Verletzungen, die sie behandelt hatte: viele Augen, einen Arm, aufgeschürfte Knie. Dabei strich sie sich ein ums andere Mal die kurze Seite ihres Haarschnitts hinter das durchstochene Ohr. Adil hing an ihren Lippen wie ein Trottel. Und Bulut konnte das verstehen.

Das Bild von Emines schief gelegtem Kopf, ihren beringten Fingern, mit denen sie in die Luft zeigte und gestikulierte, während sie sprach, hatte sich in sein Gehirn eingebrannt und war bis heute präsent. Vielleicht erinnerte er sich daran auch nur, weil dies der letzte ruhige Moment vor dem Sturm gewesen war, der letzte Augenblick in maßloser Naivität, die letzten Sekunden ihrer Jugend.

Gerade als Emine Bulut gefragt hatte, wie er sich die Zukunft dieses Landes vorstelle, und er ahnungslos nach einer halbwegs sinnvollen Antwort suchte, erlösten ihn laute Schreie, die vom anderen Ende des Parks zu hören waren. Ein Hubschrauber überflog das Camp und stauchte mit seinem Luftdruck die Zelte. Die plötzliche Aufregung setzte sich als Welle zu ihnen fort. Alle blickten in die Richtung, aus der die Gefahr zu kommen schien.

»Kommt«, rief Emine, griff nach Adils Hand und rannte mit ihm voraus.

Bulut hatte Mühe, ihnen in dem Gedränge und ob der Dunkelheit zu folgen. Er hörte ein lautes Knallen und lief geduckt. Emine und Adil waren schmaler, wendiger als er. Bulut fühlte sich zwischen den vielen Menschen wie beim Schwimmen im Bosporus. Er wurde bewegt, geschubst und getragen. Und eines schien sicher, wenn er unachtsam war, würde eine übermächtige Kraft über ihn richten, eine Welle ihn ertränken.

Außer Atem fand Bulut sich vor dem Atatürk-Kulturzentrum wieder. Das Gebäude war mit Bannern und Plakaten behängt wie eine Pinnwand mit Notizen, deren Inhalt man nicht vergessen will.

Auch Emine rang nach Luft. »Wir gehen rein. Von da oben können wir sehen, was passiert.«

Über die Treppe stiegen sie auf das Flachdach, von

dem aus bereits Bengalos gezündet wurden. Emine ging voraus zur Brüstung, um hinunterzusehen. Bulut, dem ihre Geschwindigkeit die Stufen hinauf zugesetzt hatte, legte sich auf den Boden, und Adil kniete sich zu ihm.

»Alles klar?«

Bulut nickte. »Aber wie kommen wir hier wieder raus?«

»Keine Ahnung«, sagte Adil.

In dieser Nacht war der Himmel rot und pink von den Bengalos. Bulut erinnerte sich, dass irgendwann alle vom Dach geflüchtet waren. Also war er ihnen gefolgt, hatte Emine und Adil dabei verloren. Allein war er durch die Straßen gelaufen, in denen Barrikaden aus Schutt den Weg versperrten. An einer Stelle, an der er glaubte, die Gefahrenzone längst verlassen zu haben, kam von links eine Patrone mit Tränengas geflogen. Eine Frau schrie, und alle rannten erneut. Der Nebel nahm ihm die Sicht, stach in Augen und Nebenhöhlen. Die Schmerzen erschienen ihm unerträglich. Bulut krümmte sich und stolperte halb blind in einen schmalen Fußweg zwischen zwei Häusern. Hinter einer Mülltonne hockte er sich auf die Erde, knetete sein schmerzendes Gesicht und fluchte. Und in sein Fluchen mischte sich ein Weinen, das nur entfernt menschlich klang. Es war ein leises Kreischen und Fiepen, das Bulut zunächst seinen eigenen Ohren zuschrieb und für eine Nebenwirkung des Gases hielt. Doch als er sich zum Test die Ohren zuhielt, waren die Geräusche verschwunden. Sie mussten ihre Quelle außerhalb seines Kopfes haben, dicht neben ihm am Boden. Blind und mit Schmerzen tastete Bulut in die vermutete Richtung und spürte etwas unerwartet Weiches. Er zuckte zurück und versuchte seine Augen einen winzigen Spaltbreit zu öffnen. Er erkannte ein Nest aus Plastiktüten, in dem mehrere Katzenbabys lagen und fiepend ihre winzigen Münder aufrissen. Auch sie mussten das Gas abbekommen haben. Bulut blinzelte in Richtung Straße. Dann nahm er willkürlich zwei der vier kleinen Katzen, steckte je rechts und links eine in seine Jackentasche und ging vom Schmerz gekrümmt nach Hause.

Dort angekommen, wusch er sich die Augen mit klarem Wasser aus. Sein Gesicht war rot, seine Augen geschwollen. Vorsichtig zog er die beiden Kätzchen aus den Jackentaschen und fand auch Emines Zitrone wieder. Die Winzlinge wanden sich in seinen starken Händen. Er ließ beide in das Waschbecken gleiten und träufelte abwechselnd ihnen und sich selbst Zitronensaft in die Augen.

Noch heute, vier Jahre danach, erinnerte er sich an das Maunzen der beiden Katzen in jener Nacht. Es hatte seine Träume begleitet und geklungen wie die Schreie auf den Straßen, die längst verstummt waren. Am Morgen hatte eine der kleinen Katzen tot in dem Karton gelegen, in dem er ihnen ein provisorisches Nest gebaut hatte. Die andere nannte er Barış, *Frieden.*

Bulut stellte sich vor, wie Baran Nilays Mutter und Vater zum Flughafen fuhr. Auch wenn Nilay tot war, blieben die beiden doch ihre Eltern, Barans Schwiegereltern hingegen würden sie nie sein können.

Sie waren wieder zu zweit, Baran und er. Bulut fragte sich heute manchmal, welche Perspektive er ohne Baran gehabt hätte, womit er die Jahre gefüllt hätte, wenn nicht sein großer Bruder ihn zu sich geholt hätte. Baran hatte nach der Schule eine Stelle in der Buchhaltung eines großen Hotels in Sarıgerme angenommen, während Bulut seine Nächte in den Bars von Istanbul verbrachte. Auf Bitten der besorgten Mutter holte Baran ihn nach. Im Personalbereich der Hotelanlage hatten sie zu zweit in einem der winzigen Zimmer gehaust. Morgens war Baran in Hemd und Anzughose zu seiner Arbeit im Büro aufgebrochen, während Bulut Touristen durch die Gegend fuhr. Die große Tour nach Marmaris jeden Mittwoch, nach Dalyan jeden Donnerstag, außerdem die regelmäßigen Fahrten zum Flughafen Dalaman. Dabei der Austausch von Floskeln mit den Touristen. *Oui, Monsieur* und *au revoir* und *ici, à sept heures. Comment ça va? Comme ci, comme ça* und so weiter.

Bulut hatte sich an der Touristenküste fremd gefühlt, hatte das Künstliche der Anlage, die gespielte Freundlichkeit der Kollegen, die von ihnen abfiel, sobald sie das Hotel verließen und das Personalgelände betraten, nicht annehmen können. Nur das Schwimmen abends im aufgeheizten Meer, abseits des Strandabschnitts, der zum Hotel gehörte, gefiel ihm. Er genoss das Gezogenwerden der ein- und ausströmenden Wellen, die Kühle in tieferen Schichten beim Tauchen. Dabei dachte er an Adil und daran, wie es war, jung und unbeschwert zu sein. Jung, das sah er jeden Tag im Spiegel, war er noch immer. Doch wollte sich jenes dazugehörige Gefühl nach den Ereignissen im Gezi-Park nicht wieder einstellen.

Bulut zog sich an und klemmte die große Mappe unter den Arm, als müsste er sich daran festhalten. Auf seinem Weg durch die Stadt fühlte er sich, wie man sich fühlen musste mit einer großen Summe Bargeld im Rucksack. Ausgeliefert und verletzlich. An jeder Straßenecke sah er sich um, machte einen Umweg, ließ es so aussehen, als wollte er in die Moschee, und bog erst dann zum *Istanbul Contemporary* ab.

Die Kuratorin sah ihn erstaunt an, als er plötzlich in ihrem Büro stand. »Ich hätte nicht gedacht, dass ich Sie noch mal sehe«, sagte sie und klang mild.

»Ich auch nicht«, sagte er. Unbeweglich stand er da.

»Sie hätten einen Boten schicken können.« Christiane lächelte.

»Da ist etwas, das Sie wissen sollten«, sagte er kleinlaut.

Bulut spürte, wie die Pappe in seine Finger einschnitt und der Inhalt der Mappe vermeintlich schwerer und schwerer wurde. Doch er wollte die

Zeichnungen noch nicht aus der Hand geben, wollte erst sehen, ob alle Abmachungen auch unter den neuen Bedingungen noch galten. Das hatte er Emine vor dem Abflug versprechen müssen.

»Auf einigen der Zeichnungen ist eine junge Frau abgebildet, die nicht mehr lebt«, sagte er deshalb.

Christiane stand von ihrem Schreibtisch auf und kam auf ihn zu.

»Wer ist es?«, fragte sie.

»Nilay Birol«, sagte Bulut.

»Verzeihung, aber der Name sagt mir nichts.«

»Er wird Ihnen etwas sagen, bald.«

Sie musterte ihn, seine tätowierte Hand, mit der er die Mappe umklammerte.

»Macht der Tod dieser Nilay Birol die Ausstellung noch gefährlicher, als sie es ohnehin schon ist?«

Bulut nickte stumm.

Christiane atmete tief ein und so langsam wieder aus, dass Bulut den Blick abwendete und zu Boden sah. Dann machte sie einen weiteren Schritt auf ihn zu. Bulut, der ihre Annäherung als Zusage verstand, löste die Finger um die Mappe, ließ wieder Blut hineinfließen und überreichte ihr die Zeichnungen. Christiane hielt die Mappe vor sich wie einen Schutzschild.

»Ich muss wissen, worauf ich mich einlasse.« Sie standen so nah, dass sie es nicht laut sagen musste. »Wollen Sie mir etwas über sie erzählen? Nicht hier. Heute Abend, bei einem Essen?«

Bulut nickte. »Ich kenne einen Ort, an dem man uns nicht zuhören kann, weil die Vögel so laut sind.« Er trat an den Schreibtisch und schrieb den Namen des Lokals auf einen aufgerissenen Briefumschlag. *Uzaktan*.

Vor der Tür des Museums zückte er das Handy und schickte Emine eine Nachricht.

Sie macht es. Trotz allem.

Dann ging er zu Fuß durch die Stadt, die ihm seit der Nachricht von Nilays Tod fremd vorkam. Ein Schleier hatte sich über die vertrauten Häuser gelegt und sie zu fremden gemacht. Die Straßen erschienen ihm enger, die Menschen mürrischer, als das Mobiltelefon in seiner Hosentasche vibrierte.

Tamam

schrieb Emine. In Ordnung. Mehr nicht. Keine Freude, keine Euphorie. Das Leben hatte eine neutrale Form angenommen, war an den meisten Tagen dunkler, als die Sonne auf Istanbuls Straßen es vermuten ließ. Emine würde kämpfen, doch glücklich sein würde sie dabei nicht.

Bulut fragte sich, ob Glück überhaupt eine Dimension war, in der es sich zu denken lohnte. Die Mühsal des letzten Jahres war ihnen allen anzusehen. Schon seit Gezi war er nicht mehr derselbe. Die Bürde, die seine Veränderung mit sich brachte, in etwas Sinnvolles zu verwandeln, war die bisher größte Aufgabe seines jungen Lebens. Er ahnte, dass er und Baran nicht einfach zurückkehren würden nach Sarıgerme oder in ein anderes Touristengebiet. Einen Alltag, den man hätte wiederaufnehmen können, gab es längst nicht mehr. Bulut, Baran und Adil würden fortführen, was Nilay und Emine begonnen hatten.

EPILOG

Der Bär und das Mädchen

Ein Märchen von Nilay Birol
(Ins Deutsche übersetzt von Miral Gökhan)

In den Bergen lebte einst ein altes Mütterchen ganz allein in einer Hütte. Ihr Haus bestand aus nur einem einzigen Zimmer, in dem sie schlief, aß und kochte. Das Mütterchen hielt eine Ziege, deren Milch sie trank. Nachts, wenn in den Bergen Stimmen zu hören waren, nahm sie die Ziege mit hinein und ließ sie neben ihrem Nachtlager schlafen.

Eines Tages näherte sich eine Schlange der Hütte. Die alte Frau, die sonst ganz allein war mit der Ziege, grüßte freundlich und lud die Schlange zu sich ein. In der kommenden Nacht schliefen das Mütterchen, die Ziege und die Schlange friedlich nebeneinander. Als die Alte am Morgen die Hütte verließ, um Wasser für den Tee zu holen, hörte sie im Innern ihres Hauses ein Rumoren. Als sie die Tür öffnete, hatte die Schlange die Ziege verschlungen. Die alte Frau weinte sehr um das Tier und ihre tägliche Milch. Jedoch war sie nicht allein, die Schlange war ihr ein guter Begleiter in den Bergen. Mit ihr an ihrer Seite fürchtete das Mütterchen sich weniger.

Einige Wochen später näherte sich ein Bär der Hütte. Die alte Frau, die lange ganz allein gewesen war mit der Schlange, grüßte freundlich und lud den Bären zu sich ein. Am Abend legte sie sich zwischen die Schlange und den Bären zur Ruhe. Als sie am nächsten Morgen das Zimmer verließ, um sich zu erleichtern, hörte sie im Innern einen Tumult. Sie ahnte Schlimmes, und als sie die Tür von außen öffnete, hatte der Bär die Schlange gefressen. Das Mütterchen weinte bitterlich um die Schlange, die ihr ein so guter Begleiter gewesen war. Jedoch war sie nicht allein, der Bär wärmte sie in kalten Nächten und warf einen Schatten, wenn die Mittagshitze allzu groß war.

Nach dem Ende der Fastenzeit bekam das Mütterchen Besuch von einer Enkelin aus dem fernen Dorf. Das Mädchen erschien ihr winzig und kraftlos. Sie konnte den Sack Reis, den sie als Geschenk mitgebracht hatte, kaum tragen, so schwach war sie. Da der Weg weit war, blieb das Mädchen über Nacht. Das Mütterchen legte sich zwischen das Kind und den Bären zur Ruhe. Als sie am nächsten Morgen die Hütte verließ, um Kräuter für den Reis zu pflücken, hörte sie im Innern einen Kampf. Sie war sich sicher, dass der Bär, ihr treuer Begleiter, sich über das Mädchen hermachte. So schnell sie konnte, hinkte sie zur Tür und riss sie auf. Anders als erwartet, stand das Mädchen ungerührt im Zimmer. Die alte Frau sah sich um, doch der Bär war spurlos verschwunden.

»Wo ist er hin?«, fragte sie. »Durch das Fenster passt er nicht, und aus der Tür habe ich ihn nicht kommen sehen.«

Doch die Enkelin antwortete nicht, aus ihrem Magen war lediglich ein Grummeln zu hören.

JULES

ging durch das Foyer des Verlagshauses am Boulevard Auguste Blanqui. Er hielt den Blick gesenkt und steuerte auf den Fahrstuhl zu. Insgeheim hoffte er, allein darin zu sein, niemandem zu begegnen, auch wenn das um diese Uhrzeit fast unmöglich war. Im Vorbeigehen grüßten ihn verhalten zwei Kolleginnen, mit denen er noch vor wenigen Monaten kurz gesprochen, vielleicht sogar geschäkert hätte. Im Fahrstuhl blieb ein Fotograf, mit dem er vor einigen Jahren zusammengearbeitet hatte, auf Abstand. Jules grüßte, tat aber so, als würde er ihn nicht erkennen.

Er war sich nicht sicher, ob die Kollegen ihm den Erfolg neideten oder schon davon gehört hatten, dass er sich zurückziehen würde. Es war sein letzter Arbeitstag. Er würde seine Sachen packen und dann gehen. Ob er je wieder als Journalist arbeiten wollte, wusste er nicht.

In einem der oberen Stockwerke ging Jules den Flur entlang und öffnete die Tür eines jener Büroräume, die freien Mitarbeitern zur Verfügung standen. Die tief stehende Wintersonne blendete ihn beim Eintreten. Auf dem Schreibtisch lagen Stifte und unbeschriftetes Papier in einem hastig zurückgelassenen

Stapel, daneben stand ein halb abgegraster Teller mit Gebäck. Jules, der noch nicht gefrühstückt hatte, steckte sich ein kleines Sacristain der Länge nach im Ganzen in den Mund. Es schmeckte zuckrig und nach Mandeln. Kauend ging er zum Fenster und sah hinab auf die kahlen Baumkronen, die den Blick auf die Straße zuließen. Der Zucker des Gebäcks schoss ihm ins Blut und machte ihn endgültig wach.

Er schlief nicht mehr so gut wie früher, seitdem die Presse sich in den letzten Monaten auch um ihn und Clément gerankt hatte.

Le Globe hatte ihren gemeinsamen Artikel über den Selbstmord der jungen türkischen Schriftstellerin Nilay Birol am 1. September 2017 nach eingehender Absicherung aller Fakten abgedruckt.

Clément und er hatten in Absprache mit dem Verlagshaus Éditions Colette die Veröffentlichung ihres Artikels herausgezögert, bis auch der Erscheinungstermin von Nilay Birols Buch nicht mehr in allzu weiter Ferne lag. Im Oktober veröffentlichte der Verlag ihr Manuskript nach einer raschen hausinternen Überarbeitung mit dem von Nilay Birol selbst gewählten Titel *Hayvanlar ve onlarla nasıl başa çıkılacağı*. Die Ausgabe war zweisprachig, enthielt jeweils auf der linken Buchseite den türkischen Originaltext und auf der rechten Seite die französische Übersetzung.

In Frankreich waren die ausgelieferten Exemplare von *Animaux et comment les traiter* bereits nach zwei

Wochen im Handel vergriffen. In Deutschland erschien das Buch mit dem Titel *Tiere und wie man mit ihnen umgeht* bereits im November. Zeitgleich wurde *Animals and how to deal with them* in England und kurz darauf in den USA veröffentlicht.

Die Aufmerksamkeit der Medien war so groß, dass internationale Wochenzeitungen sich untereinander absprachen und als Zeichen der Solidarität mit der verstorbenen Nilay Birol in der zweiten Novemberwoche lediglich einen riesigen brüllenden Braunbären auf der Titelseite abdruckten. In seiner zum Schlag erhobenen Tatze war ein QR-Code abgebildet, hinter dem das Märchen *Der Bär und das Mädchen* von Nilay Birol in allen vier Sprachen zu finden war. Innerhalb weniger Tage verbreitete sich der Text auch unter der türkischen Bevölkerung.

Die Illustration der Künstlerin Mihri Hanım, die ebenfalls über den QR-Code abzurufen war, zeigte eine Balletttänzerin mit Gasmaske. Wie bei allen anderen Zeichnungen im Buch *Tiere und wie man mit ihnen umgeht* stand hierfür unverkennbar eine der unzähligen Fotografien des Gezi-Protests Pate. Auf dem Originalfoto, das während der Demonstrationen auf einer Bühne am Taksim aufgenommen worden war, tanzte im Vordergrund eine Balletttänzerin in Spitzenschuhen und Tutu, im Hintergrund saß eine Cellistin auf einem Gartenstuhl, weiter hinten war das Publikum, die protestierende Masse, zu sehen. Die Illustration von Mihri Hanım fokussierte auf die

Tänzerin, machte sie zum Mittelpunkt. Der Hintergrund war leer, das Publikum verschwunden. Auf dem Stuhl saß, statt der Musikerin, ein riesiger Braunbär, der erschöpft wirkte und aus der Nase blutete. In der Adaption hatte die Pose der Tänzerin etwas Heroisches, Gewinnendes.

Die sozialen Netzwerke quollen über von internationalen Solidaritätsbekundungen mit der verstorbenen Nilay Birol. Das Verbot von Mihri Hanıms Ausstellung im *Istanbul Contemporary* nur wenige Tage nach der Eröffnung sorgte für Demonstrationen in Istanbul, Ankara und vielen kleineren türkischen Städten. Seit dem Verbot kursierten die sechzehn Illustrationen der Märchen als Postkarten und als Drucke auf T-Shirts. In der Türkei schwappte die Solidarität aus dem Netz auf die Straße. Unter dem Namen *Freundeskreis Barış* entstand eine türkische Bürgerbewegung, deren Mitglieder für Demokratie und Meinungsfreiheit auf die Straße gingen.

In Talkshows in Spanien, Frankreich und Deutschland wurde darüber diskutiert, welche politische Verantwortung die EU gegenüber einem potenziellen Beitrittsland wie der Türkei habe. Woraufhin sich auch in europäischen Ländern Menschen zusammenschlossen, um für die Demonstranten in der Türkei auf die Straße zu gehen, sich zu solidarisieren. Auf den Bannern und Plakaten der deutschen Demonstranten war zu lesen *We want you in* und *Europa ist für alle da.*

Unter dem Namen *EUtopia* entwickelte sich innerhalb weniger Wochen eine europaweite Bewegung derer, die an den Werten eines vereinten Kontinents festhalten wollten und die türkischen Demonstranten als Teil dieser Gemeinschaft ansahen.

Selbst in den USA gab es Demonstrationen zur Unterstützung der *EUtopia*-Bewegung. In den sozialen Netzwerken kursierte das Foto eines Protestlers in Washington, der vor dem Weißen Haus ein Pappschild mit der Aufschrift *We watch over you* hochhielt und dabei eine Schlafmaske mit rosafarbenem Rüschenrand trug. Woraufhin ein amerikanisches Nachrichtenmagazin mit dem Porträt der verstorbenen Nilay Birol titelte und sie noch im Dezember 2017 posthum zur *Person of the Year* machte.

Seither gingen in Jules Mail-Postfach täglich Interviewanfragen großer internationaler Zeitungen und Fernsehsender ein. Bei Clément, das wusste Jules von einem Telefonat, war das nicht anders. Jedoch hatte Clément sich für Zurückhaltung entschieden. Für einen ganzen Monat war er trotz der Jahreszeit mit Frau und Tochter nach Quiberon geflüchtet, um dem Trubel um seine Person zu entgehen. Clément hatte Jules sämtliche Einladungen zu politischen Talkshows und Diskussionsrunden überlassen. Sein Freund und Kollege, das musste Jules sich nun eingestehen, hatte die Zeichen vor der Zeit erkannt, hatte geahnt, worauf die Aufregung hinauslaufen würde.

Jules war der Rummel und nicht zuletzt das damit verbundene Geld nur recht gewesen. Die privaten Fernsehstationen zahlten gut, und er konnte sich Geldmittel für künftige Recherchereisen zur Seite legen. Dabei war ihm stets bewusst, dass er ein Surrogat war, ein Platzhalter, und dass das Interesse eigentlich Nilay Birol und Mihri Hanım galt. Er wusste, dass die Aufmerksamkeit endlich war, und wollte mitnehmen, was möglich war, um sich in seiner freien Arbeit einen gewissen Spielraum erlauben zu können.

In vier verschiedenen französischen Fernsehformaten hatte er sich über den Fall geäußert. Nach der zehnten internationalen Talkshow hatte Jules aufgehört zu zählen.

Erst in den USA wendete sich das Blatt, als in einer politischen Talkrunde die amerikanische Professorin Melinda James auf das just erschienene Buch einer deutschen Kollegin verwies und Jules' Rolle in Bezug auf den Fall Nilay Birol infrage stellte. Melinda James kritisierte seinen Umgang mit Bildmaterial in sozialen Netzwerken und nannte ihn einen naiven Schreiberling. Jules, der von dieser unerwarteten Äußerung förmlich überfahren wurde, versuchte sich zu rechtfertigen, indem er angab, es habe sich bei dem Bild, auf dem Nilay zufällig im Hintergrund abgebildet war, um einen privaten Schnappschuss gehandelt. Woraufhin der Moderator einwarf, dass es sich um einen privaten Schnappschuss auf der öffentlichen Seite eines Journalisten handle, einem Profi also, der den verantwortlichen Umgang mit Bildmaterial jenseits der narzisstischen Selbstdarstellung beherrschen sollte. Jules, der sich nicht anders zu helfen wusste, als ausdrücklich auf seine überaus wichtige Rolle in der Aufklärung des Falls Nilay Birol hinzuweisen, wirkte dabei wie ein selbstverliebter Vollidiot. Selbst Clément, der stets höfliche Clément, hatte das in einem Telefonat bestätigt.

Danach war ein Shitstorm gegen Jules losgebrochen. Innerhalb weniger Tage kursierten unter dem Hashtag *#frenchhero* unzählige Fotomontagen von Jules' Foto im Netz, im Hintergrund an Nilays Stelle jeweils eine verstorbene Schriftstellerin. Es gab sein Foto mit Simone de Beauvoir, mit Astrid Lindgren, mit Virginia Woolf, Susan Sontag und in unzähligen anderen Varianten.

Es klopfte, und Clara steckte den Kopf durch den Türspalt. Sie war die Nichte von Lucía, in deren Bodega Jules seit dem Shitstorm nicht nur die Abende verbrachte. Es tat ihm gut, in das Kellergewölbe abzutauchen, als gehörte es nicht zum Rest der Welt. Und Lucías Anwesenheit tat ihm ebenfalls gut. Oft saß er schon nachmittags bei einem Sherry an der Theke, während sie die Tapas für den Abend vorbereitete. An einem dieser Nachmittage hatte Lucía ihm von ihrer einundzwanzigjährigen Nichte erzählt. Clara studierte Medien und Kommunikation und wollte Journalistin werden. Jules hatte aufgelacht, einen weiteren Sherry bestellt und erst auf Lucías erneutes Bitten hin bei Remi nachgefragt, ob er Clara unterbringen könne. Remi, der einer der wenigen war, die nach wie vor hinter Jules standen, hatte ausschließlich eingewilligt, um sich bei ihm für die gestiegene Auflagenhöhe seit Veröffentlichung der Nilay-Story zu revanchieren. Nun war Clara Praktikantin, und sie liebte es. Sie war schnell, witzig und überaus motiviert. Gegen alle üblichen Regularien hatte sie in der vergangenen Woche, im zweiten Monat des Praktikums, bereits ihren ersten kleinen Artikel veröffentlicht: *L'Europe de la génération Z.*

»Da bist du ja«, sagte sie leise, so als wollte sie nicht bei einer wichtigen Denkaufgabe stören.

Clara öffnete die Tür etwas weiter und glitt herein.

»Im Haus flüstert man, dass du da bist. Wie geht es dir?«, wollte sie wissen und begutachtete ihn, als gälte es, eine wunde Stelle auszumachen.

Gerne hätte Jules ihr gesagt, dass nichts von dem, was sie in den letzten Tagen über ihn gelesen hatte, stimmte. Jedenfalls nicht eins zu eins.

»Ich wollte dich noch sehen«, sagte sie dann.

»So?« Jules war überrascht.

»Danke für das alles hier«, sagte sie.

Jules ordnete den Stapel Papier, um sie nicht ansehen zu müssen. »Das hast du ganz allein gemacht.«

»Trotzdem danke.« Clara legte den Kopf schief.

»Du wirst dich ganz aus der Öffentlichkeit zurückziehen, gibst deinen Job auf, habe ich gehört.«

Manches stimmte also doch. Jules sah zu Boden und knetete seine Hände. Dann versuchte er ein Lächeln.

»Kannst ruhig ehrlich sein. Ich bin auf deiner Seite«, sagte sie und schob die Hände in die Taschen ihrer Jeans.

»Ich nehme eine Auszeit«, sagte er, »mit offenem Ausgang.«

Clara nickte. »Das ist klug. Die Dinge offenzulassen, meine ich, Brücken nicht ganz abzubrechen.«

Jules zuckte mit den Schultern.

»Du bist und bleibst ein Idealist. Das hat Lucía gesagt.«

»Deine Tante irrt sich«, sagte Jules.

»Warum hast du es dann gemacht?«, fragte Clara in investigativem Tonfall.

Wie oft hatte Jules in den letzten Wochen über diese Frage nachgedacht, sich gefragt, warum er damals, als Bulut ihn auf Facebook anschrieb, seine Nachricht nicht einfach ignoriert hatte.

Weißt du, wer da auf deinem Foto ist?, hatte Bulut als Kommentar unter das Bild geschrieben.

Nein, hatte Jules geantwortet. *Wer soll das sein?*

Bereits bei der Entscheidung zu antworten, auf diese nichtssagende Frage einzugehen, war er auf eine Weise involviert gewesen, die ihn nicht mehr hatte umkehren lassen.

Als er Bulut nach diesem losen Austausch zum ersten Mal im *Uzaktan* getroffen hatte, wie bei einem Blind Date, und einem tätowierten Mann gegenüberstand, der ihm in seiner ungestümen, fordernden Art sofort sympathisch war, hatte er keinen Rückzieher mehr machen können. Er hätte einen Bekannten geprellt, einen Kumpel.

»Wenn einem ein Nachbar die Tür öffnet, kann man sie nicht einfach wieder zuschlagen, habe ich recht?«, sagte Clara.

»Hm«, machte Jules, der in Gedanken war und nicht richtig zugehört hatte.

»Schlägst du gerade Türen zu?«, wollte sie wissen.

Er lächelte beschwichtigend. »Ich lehne sie an.«

»Aber warum? Geht es dir zu wild zu da draußen?«

»Ganz ehrlich?«, sagte Jules, und Clara nickte fordernd. »Ich mag nicht mehr. Es widert mich an. Ich habe unfreiwillig die Seiten gewechselt, bin vom Fragenden zum Gefragten geworden und sehe nun, wie krank dieses System ist.«

»Das ist dir neu?« Clara lächelte und sah dabei älter aus, als sie war.

»Ich bin in diesem Jahr gereift und gealtert. Ersteres ist gut, weil es hilft, sinnvolle Entscheidungen zu treffen, Letzteres ist schlecht. Ich habe Falten bekommen und bin ängstlicher geworden. Ich will mich nicht länger auf die Anklagebank setzen.«

»Du kannst den Spieß umdrehen«, sagte sie. »Du kannst eine Pressekonferenz einberufen und dich einfach zu den Journalisten setzen. Das bist du doch, ein Journalist.«

Er sah sie fragend an. »Du meinst, ich soll den Platz auf der Anklagebank frei lassen?«

»Genau.« Sie freute sich sichtlich über ihren Einfall. »In ein paar Wochen sitzt ohnehin ein anderer dort.«

»Vielleicht du?«

»Vielleicht ich«, erwiderte sie stolz und zog die schmalen Schultern zu den Ohren.

»Wir sehen uns«, sagte Jules und wollte das Gespräch damit beenden.

»Denk dran, dass die Tür der Bodega immer für dich offen steht«, sagte sie, zwinkerte und ging.

Jules hatte Lucía noch nicht in seine Pläne eingeweiht. Als er in der letzten Nacht nicht schlafen konnte, hatte er online einen Flug nach Sydney gebucht. Schlaftrunken hatte er auf den Kaufen-Button geklickt. Das Geld, das er mit den Fernsehsendungen verdient hatte, würde eine Weile reichen. Von Sydney aus wollte er weiter an einen Strand in der Nähe von Townsville, wo er ein schwereloses Jahr verbracht hatte, als er in Claras Alter gewesen war. Jules hatte seinerzeit die Tage und Nächte am Meer verbracht, nur ab und zu in einem kleinen Restaurant in der Küche ausgeholfen und ansonsten wenig an den Verlauf seines restlichen Lebens gedacht. Seine heutige Sehnsucht galt der Ziellosigkeit von damals, der Zwecklosigkeit aller Handlungen und auch diesem riesigen isolierten Land. Wollte man in Australien einen Nachbarn, eine andere Nation besuchen, musste man, anders als in Europa, ein Flugzeug besteigen. Australien war trotz der Größe eine einsame Insel, allein verantwortlich für sich selbst.

Jules schloss die Abstellkammer auf, in der er seine Fotoausrüstung gelagert hatte. Er schulterte die Tasche, klemmte das Stativ unter den freien Arm und ließ den Schlüssel auf dem Schreibtisch zurück. Vor der Tür des Verlagshauses nahm er ein Taxi ins 11. Arrondissement.

blickte hinaus auf den Balkon, der im Dunkeln lag. Einzig der Lichtschein aus der geschlossenen Terrassentür erhellte die ersten Steinplatten und machte den Dreck, der zu dieser Jahreszeit halb Rom bedeckte, sichtbar. Die Stare, die sich in Herbst und Winter wie Unwetterwolken über der Stadt sammelten, waren abgezogen und hatten ihre Spuren hinterlassen. Der Vogelkot hatte die Platten geschwärzt und den Balkon unbetretbar gemacht. Es war bereits Anfang März, doch Davide hatte sich nicht überwinden können, den kleinen Austritt zu reinigen. Es war ein weiterer Grund gewesen, sich das Rauchen abzugewöhnen. Ein weiterer Grund neben Alma.

Nachdem Francesca im vergangenen Jahr aus der Türkei und er aus Vietnam nach Italien zurückgekehrt waren, hatten sie die Firma, wie ihr Leben, einer Inventur unterzogen. Francesca hatte an den türkischen Herstellern ihrer Stoffe festhalten wollen. Nach einem Streit, der ihre gemeinsame geschäftliche wie private Zukunft infrage gestellt hatte, beugte Davide sich und gab seine Zuständigkeit für den Bereich der Produktion ab. Das Kind, das in Francesca heranwuchs, sorgte dafür, dass es nicht zum Bruch zwischen ihnen beiden kam. Vielleicht bestand die

Firma *Baco da Seta* in ihrer ursprünglichen Form nur noch, weil beide das ungeborene Kind gewollt hatten. Sie hatten ihre geschäftlichen Diskrepanzen hintangestellt.

Direkt nach ihrer Rückkehr und der Aussöhnung hatte Francesca all ihre Energie in ein Nebenprojekt gesteckt und Davide als Friedensangebot größere Kompetenzen in diesem Bereich übertragen.

Unter dem Namen *Accademia Seta* hatte Francesca eine Stiftung gegründet, die sich um Menschen kümmerte, die in der Türkei ihren Arbeitsplatz aufgrund politischer Repressalien verloren hatten. Die Organisation holte die Betroffenen nach Italien, bot ihnen intensive Sprachkurse und eine Weitervermittlung in ebenbürtige Anstellungsverhältnisse.

Davide hatte die Koordinierung der Weitervermittlung übernommen, sprach mit Arbeitgebern in Italien und handelte Konditionen aus. Bereits in zwei Monaten würden sie die ersten türkischen Professoren an italienischen Universitäten in Rom, Bologna und Mailand unterbringen können. Aber auch für andere Berufsfelder gab es Perspektiven. Davide pflegte gute Kontakte zur Wirtschaft und war dort mittlerweile ein gern gesehener Gesprächspartner, auch wenn er wusste, dass die meisten Arbeitgeber hofften, Francesca Corrado würde persönlich vorbeischauen. Davide hatte sich angewöhnt, zur Gesprächseröffnung von ihr zu grüßen, damit war sie bei den Verhandlungen sozusagen mit im Raum.

Es gab mittlerweile Nachahmer der *Accademia Seta* in den skandinavischen Ländern. Erst in der letzten Woche hatten die schwedischen Initiatoren Rom besucht, um sich die Einrichtungen und Fortbildungsmöglichkeiten der Stiftung anzusehen und sich über die Finanzierung zu informieren.

Davide öffnete die Schlafzimmertür, wo seine Tochter, gerade drei Wochen alt, in einem Gitterbettchen neben dem Doppelbett lag. Sie schrie nicht, lag einfach wach und machte leise Geräusche, die wie das Knurren eines sehr kleinen Tieres klangen. Davide setzte sich auf das Bett und hängte den Arm über das Geländer, um Alma die Hand auf den Bauch zu legen. Sie war ein ruhiges Kind, das hatten ihnen Freunde bestätigt, die bereits älteren Nachwuchs hatten. Doch Davide ahnte, dass es dabei nicht bleiben würde. Alma blinzelte und gähnte. Das tat sie seit drei Wochen, blinzeln und gähnen, nur schlafen wollte sie nicht.

»Heute machen wir durch, so wie die *mamma*«, sagte Davide und hob Alma aus dem Bettchen. Vorsichtig bugsierte er sie in seine Armbeuge und machte es sich auf seiner Hälfte des Bettes bequem. Mit drei dicken Kissen im Rücken zog er einhändig den Laptop zu sich heran, öffnete die Website www.bacodaseta.it/runway/live und klickte auf den Play-Button.

»Fast hätten wir den Anfang verpasst«, sagte Davide.

Alma räkelte sich in seinem Arm. Er wusste, dass sie nicht schlafen würde, bis Francesca zurück war. Und das konnte früher Morgen werden. Zwar hatte sie vorausschauend die Modenschau für die Winterkollektion 2018/2019 nach Rom in ihre unmittelbare Nachbarschaft im Stadtteil Parioli verlegt, doch wusste Davide, wie lang diese Abende werden konnten.

Der Livestream zeigte einen der Säle des *Auditorium Parco della Musica* mit Laufsteg aus frontaler Perspektive. Die unteren Sitzreihen des Theatersaals waren eigens für diesen Abend überbaut worden, die oberen Ränge voll mit Zuschauern besetzt. Oberhalb der Bühne, die sich am Ende des Laufstegs auftat, lief das Motto der Show in roten Buchstaben wie bei einem Newsticker durch:

+ + + *This won't keep you warm and safe.* + + + *This won't keep you warm and safe.* + + + *This won't …*

Davide ahnte, dass Francesca in einem winzigen Raum hinter der Bühne saß und nun genauso gebannt auf den Bildschirm starrte wie er. In der Theorie hatten sie den Abend hunderte Male durchgespielt, selbst am Tag von Almas Geburt hatte Francesca noch Telefonate geführt und Anweisungen gegeben. Sie wollte alles selbst in der Hand behalten, schließlich war unklar, wie ihre Show ankommen würde. Die Medien erschienen ihr dieser Tage unberechenbar. Sie übernahm die volle Verantwortung.

Seit der Plakatkampagne überschlug sich die italienische Presse ohnehin, und Francesca konnte zwischen Interviewpartnern wählen. Obwohl sie nur die seriösen Termine wahrnahm, war sie im Augenblick ständig unterwegs.

Die Plakate, die bereits im Vorfeld der Show für so viel Furore gesorgt hatten, hingen in allen großen Städten Europas. In ihrem Viertel in Rom gab es allein drei.

Una donna coraggiosa!, hatte die Tagespresse erst gestern in Bezug auf Francesca getitelt, und die Courage lag nicht in der nackten Haut, die auf den Plakaten gezeigt wurde. Zu sehen waren Models mit europäischen und arabischen Gesichtszügen. Sie waren lediglich mit Shorts und seidenen Kopftüchern bekleidet, womit die Kampagne auf die Frauenbewegung in der Türkei anspielte.

Our choice, so der doppeldeutige Slogan, *Baco da Seta*.

Bei einer Modenschau in Kalifornien im Dezember des vergangenen Jahres hatte die hochschwangere Francesca den Fotografen Uzay Abdul kennengelernt. Er hatte sie auf ihre Stiftung angesprochen, wollte helfen, wollte spenden, um die Landsleute seines Vaters zu unterstützen. Uzay Abdul war amerikanischer Staatsbürger und auf der Suche nach seinen türkischen Wurzeln. Francesca erkannte das Potenzial des Landschaftsfotografen, das in seinem neu geweckten Interesse an der alten Heimat bestand, und engagierte ihn. In der Folge übertraf Uzay Abdul alle Erwartungen, er brachte die Sensibilität auf, die von Francesca ausgewählten Frauen nahezu nackt zu fotografieren, ohne sie bloßzustellen.

Alma quäkte leise, und Davide nahm eines der vorbereiteten Fläschchen vom Nachttisch. Sie saugte zweimal heftig, dann ließ sie wie enttäuscht nach. Davide stellte einhändig den Ton des Laptops etwas lauter.

Geplant gewesen war für diesen Zeitpunkt eigentlich eine klassische Modenschau: Alle High-Fashion-Modelle der neuen Winterkollektion und einige günstigere Modelle, die Francesca eigens für ein großes italienisches Modehaus designt hatte. Die Schauspielerin Kerttu Frederiksson war gebucht, um die Show abzuschließen.

Doch als im November der Fall um Nilay Birol auch in Italien durch die Medien ging, war gerade noch genug Zeit, um vor Almas Geburt alle Pläne umzuwerfen. Spontan erdachte Francesca ein neues Konzept, in das zunächst nur Davide eingeweiht war.

Davide schmunzelte, als drei Models in Mänteln aus braunem Kunstfell die Bühne betraten. Heute Abend würde Italien sehen, wie Francesca Corrado Mode verstand. Sie hatte nicht vor, auch nur ein einziges Modell aus ihrer Kollektion zu zeigen.

Zu verstörenden Elektrosounds, die klangen, als schlüge jemand wieder und wieder einen Hammer auf einen Amboss, strömten mehr und mehr Models auf die Bühne. Davide wusste, dass es insgesamt vierzig Frauen waren. Alle trugen identische Bärenmäntel. Der Effekt war verblüffend. Es gab nichts, woran das Auge sich festmachen konnte. Am Ende der Show standen die Models als geschlossene Formation in einem ovalen Ring, jede von ihnen mit dem Rücken nach außen zum Publikum. Die braune Mauer ließ nicht erahnen, was im Inneren des Rings passierte. Dann zogen alle Frauen die Mäntel wie auf ein Kommando aus und warfen sie auf einen Haufen in die Mitte des Laufstegs. Eine nach der anderen ging ab, scheinbar nackt, lediglich bekleidet mit einem hautfarbenen Bodysuit.

Ein kleines Mädchen kam auf die Bühne, um die Mäntel mithilfe einer Kerze zu entzünden. Für diese Rolle hätte Francesca gerne Kerttu Frederiksson gewonnen, aber diese hatte mit Bedenken um einen Imageschaden abgesagt.

In einem Pyroeffekt, an dem die Spezialisten lange getüftelt hatten, gingen die Mäntel in Flammen auf. Schlagartig wurden alle Lichter im Saal gelöscht, nur das Feuer war noch zu sehen. Nach wenigen Sekunden erlosch es wie auf Knopfdruck und ließ das Publikum in Dunkelheit zurück. Davides Bildschirm war schwarz. Es herrschte Stille.

Erst nach einigen Sekunden hörte man vereinzelt Zuschauer klatschen. Davide hielt die Luft an und ahnte, dass es Francesca, die nun sicher hinter der Bühne stand und lauschte, ebenso ging. Nur langsam wurde das Klatschen lauter, selbstsicherer und brandete schließlich auf, als das Licht im Saal wieder eingeschaltet wurde.

Francesca betrat an der Hand des kleinen Mädchens die Bühne, beide verbeugten sich gemeinsam. Nur Davide konnte Francescas Anspannung, ihre Erleichterung, die Müdigkeit der letzten durchwachten Nächte mit Alma sehen.

»Ich glaube«, sagte er nachdenklich, »die *mamma* macht jetzt Politik.« Davide stopfte sich ein weiteres Kissen unter den Ellenbogen, um in dieser Position zu verharren, bis Francesca glücklich und noch müder als ohnehin schon von der Aftershow-Party zurück sein würde.

Auf der Bühne gab Francesca dem Mädchen ein Zeichen, allein vorauszulaufen. Alle Models folgten dem Kind in einer langen Reihe, während sie sich mit einer zweiten und letzten Verbeugung hinter die Bühne zurückzog. Die Models liefen im Kreis und applaudierten ihr, als auch das Publikum sich erhob und in rhythmischen Sprechchören nach Francesca verlangte. Auf Davides Bildschirm störte eine Nachricht das Bild.

Ich komme nach Hause, schrieb Francesca.

und was ist mit der presse auf der party?, antwortete Davide einhändig.

Der ganze Zirkus ist morgen auch noch da, erwiderte sie.

Davide schrieb: *wir sind wach und warten auf dich.*

Als er zu Alma hinuntersah, war diese in seinem Arm eingeschlafen.

Davide öffnete eine Nachrichtenseite, um einen letzten Blick auf die Hochrechnungen der heutigen Parlamentswahlen zu werfen. Mehr als fünfzig Prozent der Italiener hatten sich für radikale Parteien entschieden, die für eine Abwendung von der EU warben. Davide seufzte, klappte den Laptop zu und schloss die Augen.

Unser Schuldbuch sei vernichtet!
Ausgesöhnt die ganze Welt!

An die Freude von Friedrich Schiller

Mein besonderer Dank gilt dem Goethe-Institut Ankara für den offenen Austausch in bilateral schwierigen Zeiten.